Schwarze Küken

Marvin Entholt ist in Bremen geboren und aufgewachsen. Er studierte Politik und Philosophie sowie anschließend an der Hochschule für Fernsehen und Film München HFF Drehbuch und Filmregie. Seit 1990 arbeitet Marvin Entholt als Regisseur, Produzent, Drehbuch- und Dokumentarfilmautor, vor allem für ARD und ZDF.

MARVIN ENTHOLT

Schwarze Küken

KÜSTEN KRIMI

emons:

Bibliografische Information der Deutschen Nationalbibliothek
Die Deutsche Nationalbibliothek verzeichnet diese Publikation in der Deutschen Nationalbibliografie; detaillierte bibliografische Daten sind im Internet über http://dnb.d-nb.de abrufbar.

FSC
www.fsc.org
MIX
Papier aus verantwortungsvollen Quellen
FSC® C083411

Umschlagmotiv: photocase.com/particula
Umschlaggestaltung: Tobias Doetsch
Gestaltung Innenteil: César Satz & Grafik GmbH, Köln
Lektorat: Carlos Westerkamp
Druck und Bindung: CPI – Clausen & Bosse, Leck
Printed in Germany 2015
ISBN 978-3-95451-526-4
Küsten Krimi
Originalausgabe

Gewidmet allen seltenen und seltsamen Vögeln

1

Ein gellender Schrei riss Brunke aus seinem Schlaf.

Abrupt saß er senkrecht im Bett. Es klang, als würde jemand genüsslich mit dem Messer im Leib eines Opfers herumfuhrwerken, das bei vollem Bewusstsein war.

Brunke tastete nach dem Lichtschalter, erwischte ihn, knipste das Licht an – und sofort wieder aus. Was für eine blöde Idee! Auf keinen Fall durfte er jetzt Aufmerksamkeit auf sich lenken.

Er schlug die abgewetzte Leinenbettwäsche zur Seite und setzte sich auf die Bettkante, das Holz knarzte unter der Bewegung.

Er stand auf, stieß mit dem Zeh gegen irgendetwas und fluchte. Der Raum war ihm noch nicht vertraut.

Schließlich war er bis zum Tisch vorgetapst, ertastete die Taschenlampe und arbeitete sich mit Schlafwandlergeste zur Tür vor, um sie zu öffnen und dabei ihr ihm schon bekanntes Quietschen so leise wie möglich zu halten.

Er trat hinaus und blickte in tiefes Schwarz. Noch nie hatte er solche Finsternis gesehen. Unschlüssig ließ er dennoch die Taschenlampe ausgeschaltet. Sie würde dem, wer auch immer sein Unwesen da draußen auf der Insel treiben mochte, nur den Weg zu seinem nächsten potenziellen Opfer weisen. Brunke spähte in alle Richtungen – und sah: nichts.

Er lauschte in die Nacht – und hörte: Rauschen des Meeres. Wind, der durch Gräser und das Geländer der Veranda strich. Möwen.

Er konstatierte, dass er in der Dunkelheit weder etwas in Erfahrung bringen noch ausrichten konnte. In einer unangenehmen Befindlichkeit ging er zurück in sein Vogelwärterhaus und drehte den etwa hundert Jahre alten geschmiedeten Schlüssel einmal herum.

Das ging ja gut los.

2

Mit der Teezeremonie hatte Brunke es nicht so. Er zerrte seinen Teebeutel ungeduldig durch die Tasse wie ein kleines Kind seinen Plastikdampfer an der Schnur durch eine Pfütze. Wenigstens löslichen Kaffee hätte er mitnehmen können! Er pustete in die braungrüne Flüssigkeit, nahm einen Schluck und verbrannte sich, genau wie er es erwartet hatte, die Zungenspitze. Er fluchte, setzte den Becher wieder auf den Tisch, schnappte sich seine Jacke und sperrte die nachts verschlossene Tür wieder auf.

Sie öffnete sich nach außen, doch es erforderte irritierend mehr Kraft als am Abend zuvor. Brunke spürte einen Widerstand, als stemmte sich jemand dagegen. Mit aller Kraft drückte Brunke die Tür auf, bis sie ihm plötzlich aus der Hand flog und er spürte, was ihm Widerstand geleistet hatte: Ein kräftiger Nordnordost Stärke sechs blies ihm ins Gesicht.

Der Himmel hatte einen helleren Grauton als das unruhige Meer, allerdings erreichten einige der niedrig und schnell dahinjagenden Wolken beinahe den düsteren Ton des Wassers. RAL 7015, schätzte Brunke unwillkürlich. Er würde wohl bis an sein Lebensende jedem Farbton seine Katalognummer zuordnen können. Die Wellen trugen kleine Schaumkronen. Möwen trieben im Wind, ließen sich von ihm in die Höhe tragen, drehten plötzlich ab und ließen sich fallen, um von der nächsten Böe aufgefangen zu werden und weiterzusegeln. Es sah nicht nach einem erbitterten Kampf gegen die Elemente aus, sondern nach großem Spaß, und Brunke überlegte, ob Möwen wohl Freude oder gar Lust empfinden konnten.

Er strich über die Pfade, von denen er wusste, dass er sie betreten durfte, die Kapuze über dem Kopf. Er hielt den Kragen mit einer Hand zu, und wenn es gegen den Wind ging, legte er das Kinn auf die Brust. Etwa eine halbe Stunde würde es dauern, die Insel zu durchqueren auf ihren sanft hügeligen, sandigen Wegen.

Brunke spähte zwischen Dünengras und Schilf, er schaute am Strand, der das Schutzgebiet rings umgab, aber er fand nichts, was auf ein nächtliches Kapitalverbrechen hindeutete. Er wusste nicht so recht, ob er erleichtert, beunruhigt oder enttäuscht von sich sein sollte. War es möglich, dass er sich hatte narren lassen und solch ein Angsthase war, dass er sich gleich nach seiner Ankunft von rätselhaften Naturgeräuschen in wildeste Phantasien hatte treiben lassen?

Halbwegs beruhigt machte Brunke sich daran, sich im Schilfgürtel einer Aufgabe zu widmen, auf die er sich schon seit Tagen, ach was, schon seit Wochen gefreut hatte. Er öffnete einen größeren Karton und überflog den Zettel, der ihm entgegenflatterte, bevor der Wind ihn ihm aus der Hand riss und über die Dünen in die See trieb. Er konnte noch lesen: »Ihr Vorhaben erfordert nicht nur Geduld, sondern vor allem gute Tarnung. Preiswert und supereinfach aufzubauen ist dieses Tarnze...« Dann hatte die Böe das Papier erwischt, und vermutlich würde bald ein Fisch die Bauanleitung verdauen.

»Supereinfach«! Also! War die blöde Anleitung eben weg, es waren sowieso nur tausend Bildchen, die einfachste Dinge unlösbar wirken ließen. Das kannte man ja vom Möbelbauen. Da vertraute Brunke lieber seiner Intuition, auch wenn meist irgendwelche Teile übrig blieben.

Das Ding wird selbsterklärend sein, ermunterte er sich, während er ein Säckchen mit kleinen Zeltstangen auf den Boden leerte, von denen sechsunddreißig Stück mitsamt achtzehn Verbindungselementen ins Schilf purzelten. Einige der kleinen Plastikteile verschwanden sofort zwischen dem Wurzelwerk.

Es entbrannte hinter den Dünen ein zäher Kampf zwischen Mensch und Technik, in dem Brunke keine gute Figur machte. Seine Intuition schien ihn im Stich zu lassen – oder es lag schlicht an den abhandengekommenen Plastikteilchen. Lange sah er wie der chancenlose Verlierer in diesem Ringen aus. Er fingerte zwischen den Wurzeln herum, fluchte, schwitzte und beförderte schließlich zwei alles entscheidende Teile zutage. Das Blatt wendete sich zu seinen Gunsten.

Endlich stand sein »Realbush All Purpose Green XD«, und er schaute lieber nicht auf die Uhr, um die benötigte Aufbauzeit zu kontrollieren. Auf dem Karton prangte provozierend in weißen Lettern auf rotem Grund »ready in 15 min«. Brunke hatte vermutlich zehnmal so lange gebraucht, aber das war jetzt auch schon egal. Es war vollbracht, er war erschöpft, hungrig und durstig – und stolz und voller Vorfreude. Morgen würde er mit frischer Energie ans Werk gehen. Gleich morgen früh. Sehr früh.

Es dunkelte, in dem reetgedeckten Bau auf seinen eichenen Stelzen brannte kein Licht, was nicht nur Brunkes durchaus vorhandenem Sinn für Romantik geschuldet war, sondern auch dem Gebot, Strom zu sparen. Eine Versorgung von Land her gab es nicht, ebenso wenig fließend Wasser. Zum Duschen musste Brunke Salzwasser nutzen, und das unter freiem Himmel. Der Strom, um Ladegeräte und Radio zu versorgen, stammte von einer kleinen Solaranlage hinter dem Haus.

Die einzige Behausung auf der Insel sah auf den ersten Blick äußerst idyllisch aus, aber auf die meisten wirkten die spartanischen Lebensbedingungen abschreckend und relativierten die Idylle schnell. Brunke hatte gerade diese Abwesenheit jeglichen Komforts gereizt – und damit auch die Aussicht, dass ihm vermutlich so schnell niemand seinen einsamen Platz würde streitig machen wollen. Und das sollte es für ihn sein: ein einsamer Platz, weitab von unechten Freunden mit falschen Idealen, fern von Bekannten, die man gar nicht kannte, von einer Welt, in der es um Projekte ging und um Businesspläne, Start-ups und Netzwerke, endlose total toll kreative Nächte, die man unter Designerlampen verbrachte wie Küken in der Legebatterie – nur dass hier Ideen ausgebrütet wurden, und zwar solche, die die Welt nicht brauchte.

Das hatte er sich anders vorgestellt, damals, als er sich für Grafik begeistert hatte, ermutigt von seinem Kunstlehrer in Leer. Er hatte es geschafft, Mappe, Prüfung, und ganz schön lange durchgehalten. Zu lange, aber als Aussteiger würde er sich jetzt nicht bezeichnen; schließlich war er nie richtig eingestiegen in diese seltsame Welt, die immer schneller um sich selber kreiste.

Brunkes Projekt war nur noch: die Natur. Er saß auf der Terrasse bei einem Landbier und schaute in die beginnende Nacht. Am Horizont wurde das tiefe Restblau des Himmels allmählich von oben wie durch ein großes Fass ausgekippter Tinte mit tiefem Schwarz überfärbt. Der Wind hatte abgenommen, es ging eine leichte Brise, und Brunke genoss die Kälte, die an ihm emporkroch. Lange zögerte er hinaus, seinen Troyer zu holen.

Er dachte an die Nacht zuvor und überlegte, dass es eine Silbermöwe gewesen sein könnte, die ihn in der Nacht genarrt hatte. »Ihre Rufe klingen bisweilen wie die von Menschen in größter Not oder wie die widerborstiger Kinder«, fand er in dem Bestimmungsbuch von Otto Leege aus dem Jahre 1932, das er neben einem zerfledderten Jerry Cotton – »Die ohne Skrupel sind …« – im Regal der Stube entdeckt hatte.

Man soll es ja auch nicht übertreiben mit dem Naturburschentum, dachte Brunke, ging in die Hütte und kehrte mit Pullover und Baumwollmütze zurück. Er setzte sich wieder, schaute in die Nacht und lauschte dem Windgeräusch.

Keine einzige Silbermöwe ließ sich hören, keine widerborstigen Kinder, kein Mensch in Not. Aber plötzlich vernahm Brunke ein seltsames mechanisches Geräusch. Ein zweifaches Schnarren, als würde jemand eine Spieluhr oder ein Blechspielzeug aufziehen: »krek krek«. Es kam von weit hinten aus dem Dünengürtel, doch während Brunke den sinnlosen Versuch unternahm, in der inzwischen vollständigen Dunkelheit etwas zu erkennen, erklang das Geräusch von der anderen Seite. Diesmal wirkte es näher, und Brunke überlegte, ob es ein Echo des ersten Lauts gewesen sein konnte, der sich irgendwo brach – da ertönte das »krek krek« wieder aus der ersten Richtung. Und dann, fast synchron, aus beiden.

Brunke verharrte und versuchte, in dem Ton etwas wiederzuerkennen, was ihm dessen Ursprung erklärte. Aber außer einem alten Blechelefanten, der auf einem Motorrad saß und der, sobald man ihn aufzog, zu fahren begann und dabei einen Propeller über sich drehte, kam ihm keine sinnvolle Assoziation. Und so wahnsinnig hilfreich war diese auch nicht.

Brunke war genervt, weil er die Ruhe, auf die er sich so sehr gefreut hatte, nicht ungetrübt genießen konnte. Stattdessen kämpfte er nun mit Ängsten vor fremden Lauten. Das enttäuschte ihn, und die knarzenden Geräusche und das Erlebnis von letzter Nacht gaben ihm die ungute Ahnung, dass das Idyll und die Ruhe, die er gesucht hatte, leicht zu erschüttern sein könnten. Aber andererseits: wodurch schon?! Ein paar Vogellaute?

»Verstädtertes Weichei!«, schmähte er sich, sprach sich zugleich Mut zu und spülte seine Bedenken mit dem letzten Schluck Bier hinunter. Er ging hinein, las noch ein wenig im Buch »Vögel vermessen« und ging dann zu Bett.

Er war so viel Natur einfach nicht mehr gewohnt, tröstete er sich und schaltete das Licht aus. Der Wecker würde früh läuten.

3

Ein Raubwürger! Brunke war außer sich. Er war so aufgeregt, dass er vergaß, den Auslöser zu drücken. In dem Moment, als er sich darauf besann, faltete der Vogel seine Flügel auf und erhob sich in die Lüfte. Auf dem Display von Brunkes Kamera hinterließ er eine unscharfe Schliere. Brunke fluchte leise vor sich hin. »Dösbaddel, blöder«, zieh er sich selbst, wer wusste schon, ob er einen Genossen dieser Art so schnell wieder vor die Linse bekommen würde.

Frustriert schwenkte er mit seinem Spektiv, an das er seine Kamera angeflanscht hatte, das Areal ab und hielt abrupt inne. Sollte das etwa … Brunke mochte es kaum glauben. Er spähte durch den Sucher und fokussierte das Objekt seiner Neugier. Mit seinem alten Feldstecher hätte er es nie so klar gesehen, aber es gab keinen Zweifel: Im Fadenkreuz des Fernrohrs bewegte sich eine Sensation!

Ohne sein Auge von der Muschel zu lassen, tastete Brunke nach dem Auslöser. Er erinnerte den Aufsatz »Vorkommen, Gefährdung und Schutz des Wachtelkönigs«, den er vor wenigen Wochen gelesen hatte. Dessen Bestand war in den letzten Jahrzehnten dramatisch zurückgegangen, er wurde zuletzt gar nicht mehr an der Nordseeküste gesichtet. Und jetzt dieses schöne Exemplar!

Brunke dachte an dessen lateinischen Namen Crex crex, und schlagartig wurde ihm klar, was das mechanisch wirkende Geräusch in der Nacht zuvor gewesen sein musste: der Ruf des Wachtelkönigs! Sein biologischer Name, der so wunderbar lautmalerisch seinen Ruf nachahmte, passte wie wohl kaum der eines anderen Tieres auf das, was in der Fachliteratur beschönigend als Gesang beschrieben wurde. Er rief – oder krächzte vielmehr – vornehmlich in der Nacht. Und Brunke hatte sogar zwei von ihnen gehört. Der erste Tag, und gleich solch eine Entdeckung! Er konnte es kaum fassen.

Der Rallenvogel bevorzugte grundsätzlich weiche Vegetation, drum fühlte er sich im harten Strandhafer der Insel nicht wohl. Aber jetzt hatte er offenbar das sanftere Gras entdeckt, das sich hinter dem angewachsenen Dünenkamm angesiedelt hatte.

Brunke unterbrach für den Bruchteil einer Sekunde seine Beobachtung, rieb sich kurz das angestrengte Auge, schaute wieder durchs Okular und sah – nichts mehr. Gar nichts.

Das durfte doch wohl nicht ... So ein sündteures Gerät und dann ... Genervt warf er einen Kontrollblick über sein »Optolyth TBG 100« hinweg und sah, dass zwischen Wachtelkönig und ihm zwei Gestalten durch sein Sichtfeld gelaufen waren und jetzt hinter einer Düne verschwanden.

Herrgott zum Teufel, was machten die hier?! Nicht nur um diese frühe Uhrzeit, sondern überhaupt?! Waren die denn von allen guten Geistern verlassen? Keine Menschenseele hatte auf dieser Insel etwas zu suchen außer ihm. Brunke kämpfte sich aufgebracht aus seinem Tarnzelt heraus.

Gerade tauchte er hinter der Plane auf – da fiel ein Schuss. Brunke jagten tausend Gedanken gleichzeitig durch den Kopf: der Wachtelkönig! Wer schießt? Warum? Auf den König? Welcher Irre kommt hierher zum Jagen? Wilderer? Wie sind die überhaupt hergekommen?

Voller Sorge um den seltenen Vogel hetzte Brunke im Laufschritt über geheiligten Grund, den er nie betreten hätte, müsste er nicht diese skrupellosen Eindringlinge verjagen. Der weiche Sand erschwerte das Vorankommen, und Vorsicht war geboten, um kein Nest zu beschädigen.

Brunke keuchte auf den Kamm der Düne. Auf der nächsten Sanderhebung lief jemand davon.

»Hey!«, brüllte Brunke außer Atem, verstummte aber sofort wieder eingedenk Absatz vier Punkt zwei der Aufenthaltsverordnung: »Das Abspielen von Musik aus Wiedergabegeräten, eigenes Musizieren sowie lautes Rufen haben zum Schutz der Brutkolonien zu unterbleiben.«

Der andere verharrte in der Ferne auf der hinteren Düne und drehte sich kurz um, als er Brunkes Ruf wahrnahm. Dann rannte er weiter, bis er hinter Sand, Mauerpfeffer und Dünenrosen verschwunden war.

Brunke sammelte sich für die weitere Verfolgung – da fiel sein Blick in die Senke zwischen den Dünen, und in ihm mischten sich Erleichterung und Schrecken: kein toter Vogel! Aber: Eine reglose menschliche Gestalt lag da, mit dem Gesicht im Sand.

Brunke ging langsam auf sie zu. Die rote Färbung des Sandes neben dem Kopf des Mannes machte ihm schnell klar, dass es einen Zusammenhang zwischen dem Schuss und dem Zustand dieser Gestalt geben musste. Brunke dämmerte, dass seine selbst gewählte Einsamkeit schneller dahin sein würde, als er sich in düstersten Phantasien hatte ausmalen können. Genau genommen war sie schon seit ein paar Minuten dahin.

Brunke ließ sich in den Sand neben den Toten fallen, schaute aufs Meer und dachte nach.

4

»Ebbo!«, rief Marte Hinrichs ungehalten aus der Küche.

»Hmmm?«, kam es aus der Gaststube zurück.

»Is der jetzt schon wech, oder kommt der noch frühstücken?« Marte erfühlte unzufrieden, dass das gekochte Ei schon abgekühlt war, und vollführte auf dem Wachstischtuch eine sinnlose Rochade von Fleischwurst und Käse.

»Weiß nich«, klang es von nebenan hinter den »Ostfriesischen Nachrichten« hervor.

Bald vierzig Jahre machte Marte das nun, aber seit einiger Zeit war sie sehr dafür, die Fremdenzimmer aufzugeben. Nur alle heiligen Zeiten kam mal jemand, meist nur für eine Nacht, und Marte hatte das ganze Theater mit Bettenbeziehen, Waschen, Bügeln und Frühstück, zu dem im Zweifelsfall keiner erschien. Sie hatte das Frühstück schon in die Küche verlegt, was die seltenen Fahrradtouristen als Akt besonderer Gastfreundschaft fehlinterpretierten. Dabei ging es Marte nur darum, nach dem Frühstück nicht noch mal die Gaststube hinter ihren krümelnden Gästen aufwischen zu müssen. Ebbo meinte immer: »Lass uns das man weitermachen mit der Pension, büschen Geld kommt ja rinn«, aber er hatte gut reden, die Arbeit hatte schließlich sie. Er könnte ja auch mal irgendwas tun, erregte Marte sich gerade innerlich, als der Gatte mit einem fulminanten Vorschlag ihre Gedanken kreuzte.

»Klopf doch mal«, sagte Ebbo.

Dass jeder Feriengast angesichts ihres hin und her gebrüllten Dialogs längst senkrecht im Bett und kurz darauf in der Tür gestanden hätte, kam den Eheleuten nicht in den Sinn. Sich zuvor noch mit Duschen aufzuhalten, war für Übernachtungsgäste gar nicht möglich, es gab im Zimmer nur ein Waschbecken mit fließend kaltem Wasser. Dass das heutigen Ansprüchen nicht genügen sollte, konnten Marte und Ebbo nicht nachvollziehen.

Marte schritt zur Tür mit der aufgeklebten Nummer »1«,

wischte sich die Hände an ihrem Küchenkittel ab und klopfte so heftig, dass jeder Tote sofort hochgeschnellt wäre.

»Herr Haaaarms«, gellte Marte gegen die Tür, gefolgt von einer erneuten Klopfsalve. Keine Reaktion.

»Der is schon wech«, rapportierte Marte in die Stube.

»Oder tot«, kam es trocken hinter dem Lokalteil hervor.

Marte öffnete die unverschlossene Tür, um zu prüfen, ob am seltsamen Einwurf ihres Gatten etwas dran war. Das Bettzeug war zurückgeschlagen, das Bett leer. Geschlafen hatte der Mann hier, war aber anscheinend schon früh aufgebrochen. Sein kleiner Koffer lag noch da: Herr Harms hatte Martes Porzellanfiguren und die Häkeldecke auf der Kommode beiseitegeschoben und sein Business-Gepäckstück darauf aufgeklappt. Darin lagen fein säuberlich zusammengelegt Businesshemden und Businesskrawatten und bildeten einen gewissen Kontrast zum Friesenbarock der Einrichtung.

Gut, dass ich im Voraus für zwei Nächte kassiert habe, dachte Marte sich, während sie das Bett machte. Wer weiß, ob ich den noch mal wiedersehe.

5

Brunke stand der Schweiß auf der Stirn. Niemals hätte er gedacht, dass es so anstrengend sein würde, aber jetzt war es geschafft. Als Kind hatte er mit seinem Vater einmal einen gestrandeten Seehund begraben, aber da hatte sein Vater das Buddeln allein übernommen, das musste ähnlich schwer gewesen sein. Er selbst hatte nur sprachlos und traurig in seinem gelben Ölzeug danebengestanden, ein winziger leuchtend gelber Fleck in einem großen Grau aus Himmel und See. Am Ende hatte er aus Treibholz und Gras ein Kreuz gebastelt, das der Vater auf das Seehundgrab steckte.

Brunke schnaufte aus. Er schaute sich zufrieden um und ließ sich im Sand an derselben Stelle nieder, an der er vor sieben Stunden noch ratlos neben der Leiche gesessen hatte. Ein Kreuz gab es heute nicht, aber die Bestattung war zumindest vollzogen. Ihm hatte gegraut bei dem Gedanken an Heerscharen von Polizisten, die durch die Dünen stapften, Gelege zertrampelten und mit ihrem Lärm Vögel verscheuchten, und das mitten in der Brutzeit. Jungvögel in den Nestern hätten unter einer mit Landesmitteln finanzierten Profilsohle ihr Ende gefunden oder wären jämmerlich verhungert, weil die Eltern in panischer Angst auf und davon geflogen wären. Eine ganze Brutsaison wäre zum Teufel gewesen, mit unabsehbaren Spätfolgen. Und das gerade jetzt, wo der Wachtelkönig aufgetaucht war. Und alles wegen eines Menschen, um den es nun wirklich nicht schade war. Das wusste Brunke immerhin.

Aber eine große Ratlosigkeit blieb ihm, die Sorge um seine gefiederten Schützlinge reichte nicht zur Verdrängung der Erinnerungen.

Der Mensch war zu Lebzeiten offensichtlich nicht nur bei Brunke unbeliebt gewesen, tot war er jetzt ohnehin, und seine Leiche hatte hier nichts verloren, das war klar. Also brauchte Brunke sich auch nicht aufwendig um die Entsorgung des Kadavers zu kümmern und einen Apparat in Bewegung zu setzen, der am Tod des Mannes auch nichts mehr ändern konnte. Folglich musste hier niemand aufkreuzen und für unnötige Unruhe sorgen, Brunke konnte ihn selbst entsorgen, oder, freundlicher gesagt, recht schlicht bestatten, und das hatte er jetzt gerade getan.

Aber eigentlich hatte der Tote selbst das nicht verdient. Brunke kannte ihn, und zwar besser, als ihm lieb war. Am liebsten wäre er ihm niemals begegnet, und nun kreuzte er schon zum dritten, wenn auch nun recht sicher letzten Mal seinen Weg. Er erwies sich selbst im toten Zustand noch als Quälgeist, der ihm das Leben schwer machen oder diesem sogar eine unerwartete Wende geben sollte.

Nein, das durfte auf keinen Fall noch einmal passieren. Darum hatte Brunke hastig und tief gegraben, als könnte der Leichnam sich womöglich als Untoter wieder aus der Düne erheben. Es war Brunke weniger um eine halbwegs würdige Bestattung als um seine eigene Ruhe gegangen, das musste er zugeben.

Nun lag der Mann jedenfalls vergraben im Dünensand, und Brunke begann, sich Gedanken zu machen, warum er wohl umgebracht worden war – auch wenn er keine Sekunde einen Zweifel hegte, dass der unliebsame Bekannte es verdient hatte. Aber warum war er ausgerechnet hier auf diesem einsamen Flecken Erde getötet worden, auf einer Insel, die kompliziert zu erreichen war und die für Brunke seine ganz persönliche Robinsoninsel werden sollte, sein Ruhepol, fernab von allem?

Sollte das alles ein äußerst unwahrscheinlicher Zufall sein – oder wollte man Brunke damit etwas sagen? Und falls ja, was sollte das bitte schön sein? Oder wollte man ihm gar etwas in die Schuhe schieben? Brunkes Gedanken reisten zurück in die ungeliebte Großstadt …

6

Es hatte ein halbwegs entspannter Abend werden sollen. Brunke war kein Freund von Geschäftsessen, er hatte immer Angst vor dem vollkommenen Versagen seiner mühsam antrainierten Kommunikationsfähigkeit, einem plötzlichen Ausbleiben jeglichen Gedankens, sodass er nicht mehr imstande wäre, auch nur einen einzigen Satz über die Lippen zu bringen – starr wie ein Frosch, dessen einzig hilfloser Reflex im Falle einer Bedrohung war, sich nicht zu rühren.

Einmal hatte er nachts auf der Straße angehalten. Im Scheinwerferlicht seines Autos sah er lauter kleine Erhebungen auf der Straße. Er war ausgestiegen und erkannte, dass es Frösche waren. Hunderte von Fröschen, die ganze Straße war voll von ihnen. Während Brunke vorsichtig näher kam und überlegte, wie er seinen Weg fortsetzen könnte, ohne sie zu überfahren, oder wie er sie alle von der Straße tragen sollte, ohne dass die ersten wieder auf den Asphalt hüpften, bevor er die letzten gerettet hatte – da realisierte er, dass die Frösche alle schon überfahren worden waren. Alle bis auf einen. In den unterschiedlichsten Posen klebten die Leiber seiner Artgenossen auf dem Pflaster, weil sie es vermutlich mit demselben Trick versucht hatten, den auch der letzte Überlebende als seine einzige List parat hatte – eine Taktik, die spätestens seit der Motorisierung der Menschheit ihre rettende Wirksamkeit verloren hatte: Starr saß der Frosch zwischen seinen geplätteten Kollegen und wartete, dass es einfach vorübergehen würde – was auch immer das war, was da so groß und bedrohlich daherkam.

Brunke empfand sofort Sympathie für den Ängstlichen, er kannte dieses Gefühl zu gut. Er hob ihn auf, die kleine Amphibie rührte sich nicht. Sie blinzelte nicht einmal ihr träges Froschaugenblinzeln. Es war ein echter Bilderbuchfrosch, braungrün mit dunkelbrauen Flecken. Brunke trug ihn vorsichtig einige Meter ins Gras abseits der Straße und setzte ihn behutsam ab. Der

Frosch bemühte sich noch immer, wie ein lebloses Objekt zu wirken. Brunke überzeugte sich, dass das für die anderen Frösche tatsächlich galt, was er traurig konstatierte. Er stieg wieder ein und setzte voller Scham seine Fahrt über das Feld braungrüner Leichen fort.

Brunke zog das braune Leinensakko über – bloß keine Krawatte, da bekam er Erstickungsanfälle – und dachte an den bevorstehenden Abend und die drohende Konversation. Außer in seinen gedanklichen Abschweifungen beschränkte er sich gern aufs Wesentliche, weswegen jegliche Art von Small Talk eine harte und quälende Herausforderung für ihn war. Da herrschte stets akute Gefahr des Froschsyndroms. Und jetzt hatte sein Chef ausgerechnet ihn gebeten, einen Termin zu übernehmen, da er selbst sich mit einem anderen Kunden treffen musste, er könne sich ja schlecht zweiteilen. Das musste selbst Brunke einsehen und erklärte sich bereit, im Dienste seines Herrn im ärgsten Fall sogar etwas so Albernes wie Prosecco zu trinken.

Aber heute sollte Isabella ihn begleiten, und wenn sie nicht ohnehin einen Großteil des Gesprächs selbst bestritt, so gab sie ihm doch hinsichtlich seiner Plauderfähigkeit eine erstaunliche Zuversicht und Leichtigkeit, so wie sich ohnehin sein ganzes Leben in den bald zwei Jahren aufgehellt hatte und leichter anfühlte, seit er sie kannte. Sie hatte Brunke beinahe schon dahin gebracht, von sich zu sagen, er sei glücklich.

Es läutete, Brunke wechselte sein mokkafarbenes Sakko gegen ein espressobraunes und verließ die Wohnung.

7

Brunke saß mit Isabella in einem Restaurant, in das er freiwillig nie einen Fuß gesetzt hätte, doch zumindest Isabella schien es zu gefallen. Sie war eine auffällige Erscheinung mit ihren etwas zu großen, weit auseinanderstehenden lagunenblaugrünen Augen, ihrer etwas zu großen Nase und ihrem im Verhältnis zu kleinen Mund. Sie trug seit einigen Monaten einen blonden Pagenkopf, der ihr in Verbindung mit ihrer die aktuelle Mode ignorierenden Garderobe das Aussehen einer Stummfilmschönheit verlieh. Brunke fühlte sich neben ihr manchmal wie die unscheinbare tragische Nebenfigur, die in solchen Filmen nie das Ende der Handlung erleben durfte, aber er hatte sich daran gewöhnt, dass Isabella ihn ganz anders wahrnahm.

Sie war aufgekratzt und noch redseliger als sonst, ihren Sprizz hatte sie schon fast geleert, Brunke sein Bier auch, das Glas war ja auch albern klein.

Er schaute sich um. Lackaffen, fiel Brunke ein, so hatte sein Vater Gestalten genannt, wie sie hier zuhauf herumlungerten, wichtige Gesichter machten und künstlich lachten. Irgendwie passend, dachte Brunke, während er beobachtete, wie so ein gelackter Primat mit dem Mann am Pult beim Eingang sprach. Der Mann hinter dem Reservierungsbuch wies in Richtung ihres Tisches, und der Gast bewegte sich federnd auf sie zu.

Als er näher kam, froren Brunkes gelassen misanthropische Gedanken spontan ein. Gary Harms hieß der Kunde, den er treffen sollte, das hatte sein Chef ihm gesagt – aber Brunke war nicht für eine Sekunde auf die Idee gekommen, dass dieser Gary Harms ein ehemaliger Bekannter sein könnte: der alte Garrelt Harms, eine der dunkelsten Figuren aus seiner Jugend.

Dreißig Jahre hatte Brunke keine der Pappnasen von damals mehr gesehen, und beinahe hätte er Garrelt nicht wiedererkannt, wäre da nicht dieses schmierige Grinsen gewesen, das er immer noch perfekt draufhatte. Seine üppige Matte von damals hatte er abgelegt, den Schädel jetzt cool rasiert, und dazu trug er einen kurz geschorenen Vollbart und eine viel zu große Brille, die beinahe dieselbe hätte sein können, die er schon in der Schule getragen hatte. Damals hatte sie peinlich ausgesehen, heute tat sie es auch, aber jetzt war sie hip.

Brunke fühlte eine leicht amphibische Reaktion, aber er bemühte sich, sie zu unterdrücken. Er begrüßte Garrelt beinahe jovial, Mensch, Garrelt, Gary bitte, haha, natürlich, weißt ja, man lässt seine Vergangenheit hinter sich, du sagst es, ach ihr kennt euch, das ist ja witzig, setz dich doch, du arbeitest also für die jetzt, ja, dann doch gewissermaßen *back to the roots*, hehe, was trinken wir, Wein?

Brunke bemühte sich redlich, und er versuchte, Gary ohne Vorurteil zu begegnen. Schließlich war das alles Jahrzehnte her, und vielleicht war er gar nicht so schlimm, wie Brunke ihn immer wahrgenommen und es in seiner Erinnerung zementiert hatte. Vielleicht hatte er selbst ja auch seinen Anteil daran gehabt damals.

Gary erwies sich auf den ersten Blick sogar als beinahe sympathisch, andererseits aber auf diese übertriebene Art gut gelaunt und berauscht von seiner eigenen Eloquenz. Der Riesling kam – danke, ja, in Ordnung, signalisierte Gary dann doch erwartbar herablassend.

Dann ging es um Themen, über die Brunke nicht mal mit seinen wenigen Freunden redete, geschweige denn mit Fremden, einfach weil sie für ihn nicht existierten: Urlaub, das Wetter sowieso, und bei der Auswahl des Essens steuerte Gary zu wirklich jedem Gericht auf der Karte eine Anekdote bei, auf welchem Erdteil ihm welche Ungeheuerlichkeit mit der jeweiligen Speise widerfahren war. Isabella schien sich köstlich zu amüsieren, und Brunke war nicht ganz klar, ob sie nur höflich sein wollte oder ob diese sicher schon tausendmal runtererzählten Geschichtchen sie wirklich erheiterten. Sie lachte so herzlich und versuchte, Brunke mit Blicken einzubeziehen, dass er fast den Verdacht hegte, sie habe wirklich Spaß.

Noch bevor mit umständlicher Geste das Schwertfischcarpaccio vor ihnen platziert wurde (worin lag der Sinn, einen so riesigen Fisch in so durchsichtig dünne Scheiben zu schneiden?), spürte Brunke, dass etwas Ungutes geschah, das er nicht greifen und auch nicht steuern konnte. Er fühlte, wie etwas davondriftete, ohne dass er es aufhalten konnte, und je mehr er es zu spüren glaubte, umso mehr verstärkte sich dieses Gefühl und erfüllte ihn mit Panik. Es war, als würde er sich von innen langsam mit grüner Farbe füllen. Froschgrüner Farbe.

Brunke tauchte ab in eine Art Déjà-vu, nur dass es damals im »Sunrise« passierte. Die Clique von Johann, Enno, Tammo und Harms hatte eigentlich auch kommen wollen, vielleicht wäre dann alles anders gelaufen, aber die Jungs tauchten einfach nicht auf, und so war Brunke mit Garrelt und Rika allein.

Brunke hatte erst später erfahren, dass die anderen wegen eines tragischen Unfalls, der Tammo das Leben gekostet hatte, nicht erschienen waren. Und so erlebte Brunke zur selben Zeit seinen ganz persönlichen tragischen Unfall: Zu den Klängen von Al Stewart zog Garrelt plötzlich Rika zum Klammerblues auf die Tanzfläche. »Year of the Cat«, eigentlich hatte Brunke es gern gemocht, er hatte es oft mit Rika gehört, es war fast »ihr Lied«, aber plötzlich rückte sie mit Garrelt ab, und Brunke musste mit ansehen, wie seine Rika ihren Kopf an Garrelts Brust lehnte und die Augen schloss, während der sie mit einem schmierigen Siegergrinsen unter der Discokugel herumschob. Seine Rika Wilts, über deren Namen Garrelt so oft den naheliegendsten blöden Witz gemacht hatte. Und nun hielt ausgerechnet der sie im Arm, und sie ahnte nichts von dessen primitiven Anzüglichkeiten, weil Brunke sie ihr nie verraten hatte. Falsch, wie man es auch machte, aber jetzt würde sie ihm nichts mehr davon glauben.

Nach dem Lied kam Rika auf Brunke zu, sie lächelte, aber er brachte kein Gegenlächeln zustande, ihr Kuss auf seine Wange blieb unerwidert und musste sich für sie angefühlt haben, als hätte sie einen toten Fisch geküsst. Oder einen steifen Frosch. Nur dass er sich nicht verwandelte, das war vorher schon passiert.

Brunke hatte immer Rika die Schuld gegeben, aber am Ende

war er es vielleicht gewesen, der durch seine Steifheit den ersten Spatenstich am Grab ihrer Beziehung getan hatte, doch er konnte nicht aus seiner Haut, seiner amphibischen.

Brunke hatte sofort begonnen, seine plötzlich sehr trockene Kehle mit Apfelkorn zu befeuchten. Es bedurfte größerer Mengen der Flüssigkeit, und Rika hatte später Mühe, die Amplituden von Brunkes Zickzack auf dem Heimweg halbwegs einzudämmen. Es war ihr letzter gemeinsamer Weg gewesen.

Es gab später noch ein paar Streits, immer lauer werdende Wortgefechte, dann immer flüchtigeres Grüßen, ratloses und trauriges »Hallo«, in dem noch das Echo alter Liebe nachklang.

»Hat's geschmeckt?«, riss der lässig-arrogante Kellner Brunke aus seinen Gedanken und war an keiner Antwort interessiert. Wahrscheinlich durfte man solche Menschen nicht mal mehr Kellner nennen, dachte Brunke sich, aber wie dann, Servicekraft? Da stimmte ja gar nichts an dem Wort.

Isabella gellte Brunke mit ihrem Lachen vollends in die Gegenwart zurück, aber er fand nicht in die Szene hinein, die sich vor ihm abspielte, er blieb Zuschauer wie in einem modernen Theaterstück, bei dem er selbst unglücklicherweise mit auf der Bühne saß.

Gary. Wenn er wenigstens zu seinem richtigen Namen stehen würde. Brunke leerte sein frisch nachgeschenktes Weinglas in einem Zug. Die Leichtigkeit von Isabella belebte ihn heute nicht. Sie drückte ihn eher in seine Angst vor dem eigenen Autismus, er hatte das Gefühl, ihre fröhliche Art galt heute nicht ihm, sie trug ihn nicht, sondern schloss ihn aus, sie galt plötzlich dem anderen, und nur ihm.

Brunke fühlte sich abgeschnitten, beobachtete die Szene aus immer größerer Entfernung: Er steif am Tisch und Isabella und Gary scherzten und lachten, er hörte ihren Dialog undeutlich wabern, Thailand, köstlich, nein wirklich!, und Brunke konnte nicht mit Bestimmtheit sagen, ob die zufällige Geste, mit der Isabella beim Lachen ihre Hand auf Garys Unterarm legte, seine Einbildung oder eine Tatsache war.

Brunke fühlte dieses Froschgefühl in seine Glieder fahren, diese Steifheit, die von ihm Besitz nahm, und hätte ihn jetzt eine riesige Hand hochgehoben wie eine kleine grüne Amphibie vom Straßenpflaster, er hätte reglos mit steifen Gliedern in der Luft gehangen, gewartet und gehofft, dass es vorübergeht.

Es ging vorüber. Es war das letzte Abendessen mit Isabella.

Brunke trank auf seiner Veranda einen Schluck Bier, der zu groß war, um dem Genuss zu dienen, und dachte nach. Wenn man immer wüsste, wann man jemanden das letzte Mal küsst, das letzte Mal in den Arm nimmt, das letzte liebevolle Wort sagt. Zerrüttung kommt schleichend und das Ende trotzdem plötzlich, aber immer gibt es zuvor dieses letzte Mal, von dem einem nie bewusst ist, dass es eben genau das ist. Und, sinnierte Brunke weiter, so liegt in jedem Kuss, jeder Umarmung jederzeit die Möglichkeit, dieses letzte Mal zu sein, eine Melancholie und Schwere, die selbst im Kuss größter Verliebtheit schon als Keim angelegt ist, der eines Tages aufspringt.

Brunke war betrübt und fühlte sich schwer, sogar zu schwer, um aufzustehen. Irgendwo quakte ein Frosch.

8

Gedankenverloren ließ Brunke ein Streichholzbriefchen zwischen Daumen, Zeige- und Mittelfinger rotieren. Er hatte es in der Jackentasche des Toten gefunden. Es zeigte grün auf weißem Grund ein stilisiertes reetgedecktes Haus und stammte von der Pension und Gastwirtschaft »Bremermann« in Krummhörn, dem nächsten Dorf auf dem Festland. Gary hatte dort vermutlich übernachtet, so wie er selbst vor Kurzem.

Brunke versuchte sich zu erinnern, ob Gary Harms zu Lebzeiten geraucht hatte. Das Bild war unscharf, er stellte ihn sich mit Zigarette und dann wieder ohne vor, beide Bilder hatten die gleiche Wahrscheinlichkeit, es war ein wenig so, wie man versuchte, verlorene Gegenstände an den vermeintlichen Orten ihres Aufenthalts zu visualisieren, es sah kolossal wahrscheinlich aus, dass der Gegenstand genau dort lag, aber er tat es dann eben doch nicht.

Unmöglich zu sagen, ob er Raucher gewesen war oder nicht oder ob vielleicht jemand Brunke ein Zeichen geben wollte mit den Streichhölzern, ihn von seiner Insel lotsen und zu Recherchen anstiften, die ihn womöglich noch tiefer in die unschöne Angelegenheit hineinziehen würden. Aber er wollte, musste fast wissen, was dem tödlichen Schuss vorausgegangen war, zu nah schien das alles an seinem Leben zu sein, als dass er es einfach ignorieren oder für einen dummen Zufall halten konnte. Beinahe am meisten fürchtete er sich davor, Isabella wiederzubegegnen.

Brunke saß eine Weile, öffnete und leerte eine weitere Flasche Bier und beschloss am Ende, der Idee zu widerstehen, Nachforschungen anzustellen. Warum sollte er sich auch postum für jemanden interessieren, der ihm sein Leben lang nur Probleme bereitet hatte? Jetzt war er wenigstens weg, für immer, und die Ruhe würde schon wiederkommen, die innere. Das hoffte Brunke jedenfalls.

9

»Moin.«

»Moin.«

Malte Broers und Thees Bullerjahn betraten die Gaststube des »Bremermann«.

»Moin.« Ohne aufzusehen griff Ebbo Hinrichs hinterm Tresen zu einem Pilsglas, öffnete den Bierhahn, ließ die Flüssigkeit ins Glas schäumen, griff ein zweites Glas und füllte auch dies. Die Wanduhr hinter ihm zeigte auf kurz nach halb acht und tickte bedächtig.

Malte steckte eine Münze in den Sparkasten neben der Tür und steuerte den über Jahrzehnte von Gebrauchsspuren patinierten Stammtisch in der Ecke an, schob eine der auf dem Fensterbrett versammelten Sansevierien beiseite, damit sie ihm nicht in den Nacken stach, und nahm Platz. Thees warf beiläufig fünfzig Cent in den Schlitz des »Rotamint Exquisit Juwel«. Sofort erklang in der Manier einer Spieluhr auf Speed die hektisch abgespielte Melodie von »Muss i denn, muss i denn …«. Sie übertönte die Wanduhr, die drei Räder im Automaten rotierten und blieben auf Ananas, Orange und Pflaume stehen: kein Gewinn. Der Klang des Automaten erstarb, die Wanduhr gewann die akustische Hoheit zurück, und auch Thees ging jetzt an den Tisch, enttäuscht vom Ausbleiben des Münzenregens.

Marte Hinrichs steckte ihren Kopf aus der Küchentür.

»Knipp«, rief sie.

Malte nickte, Marte machte kehrt.

»Zweima«, rief Thees ihr hinterher, ohne aufzusehen. Am liebsten hätte er gerufen »Dreima« oder »Vierma«. Er liebte das Gericht, dessen Zutatenliste Zartbesaiteten allerdings einen Schauer über den Rücken jagen konnte: Grütze, Schweinskopf, Schweinebauch, Schwarte und Rinderleber. Das alles wurde allerdings bis zur Unkenntlichkeit zu einer breiigen Masse zerkleinert, sodass einem die anatomische Herkunft der Ingredienzien schonenderweise nicht vor Augen geführt wurde.

Die Tür fiel hinter Marte zu, Ebbo ließ mit einem Schuss Bier die zweite Pilsblume wachsen.

Thees rückte mit routinierter Bewegung den Gummibaum samt Übertopf auf der braunen Synthetikdecke beiseite, nahm aus dem Bierdeckelhalter zwei Bierfilze und legte sie vor seinem Begleiter und sich ab. Ebbo kam zum Tisch geschlurft, in jeder Hand eine Pilstulpe schwenkend. Er stellte sie auf die bereitgelegten Bierdeckel und machte kehrt.

Malte und Thees griffen gleichzeitig zu den beschlagenen Gläsern, lupften sie zum Prosit ein paar Zentimeter in die Höhe, ohne sich dabei anzusehen, und leerten ihr Bier in einem Zug zur Hälfte.

Ebbo machte sich daran, die nächsten Biere vorzubereiten. Über ihm hing die ausgeblichene Leuchtstoffwerbung einer Brauerei, die es schon lange nicht mehr gab.

Kurz vor Leerung des zweiten Biers tat sich die Küchentür auf, Marte stieß sie mit dem Fuß beiseite und trug zwei große Teller zum Tisch der einzigen Gäste. Erwartungsvoll reckten die Männer die Hälse. Sie sahen große Portionen sehr dunkel angebratenen Knipps mit Bratkartoffeln und jeweils eine enorm große saure Gurke. Zufrieden nickten beide, Marte schlurfte zurück und kreuzte den Weg von Ebbo, der die dritten Biere brachte. Hinter dem Tresen sammelte Marte aus einem Plastikkorb Besteck, trug es zu Malte und Thees und kreuzte dabei wieder den Weg ihres Gatten. Für einen Moment war eine Bewegung im Lokal, als wäre das Haus bestens besucht.

Als Marte Messer und Gabel übergab, fiel ihr Blick auf Thees' gummigestiefelte Füße, um die sich eine große, matschige Pfütze gebildet hatte. Dabei hatte es heute gar nicht geregnet. Marte schaute Thees streng und durchdringend an, aber der war vollkommen auf sein Essen fixiert und registrierte gar nichts.

Zufrieden schaufelten beide Männer Knipp und Kartoffeln in sich rein und säbelten an der Gurke. Marte drehte ab und war schon wieder halb in der Küche verschwunden, als sie auf der Anrichte die ungeöffnete Packung Papierservietten sah. Sie hielt inne und rief über ihre Schulter in den Gastraum: »Ach so, Serviette?«

Malte schüttelte mit vollem Mund den Kopf, Thees machte eine wegwerfende Handbewegung. Marte hatte gar nicht hingesehen, nichts anderes erwartet und war längst wieder in der Küche.

10

Seine schwarze Gestalt hob sich mit scharfen Umrissen gegen den tiefblauen Himmel ab. Er sitzt da wie der segnende Heiland, dachte Brunke, und er war ihm immer schon unheimlich vorgekommen, wie er so regungslos dahockte mit ausgebreiteten Schwingen, oft stundenlang. Inzwischen gab es allerdings so viele Kormorane, dass Brunke nicht mehr jeden einzelnen als Vorboten persönlichen Unglücks nehmen konnte, aber so ganz hatte ihn der Aberglaube aus Kindertagen nie verlassen.

Sein Vater hatte ihm erklärt, dass der Vogel auf diese Weise nach einem Tauchgang sein Federkleid trocknete. Das hatte Brunke nicht geglaubt, schließlich erledigte jede Ente oder Möwe das still und leise ohne Aufhebens. Die schwarzen Vögel wären zumindest übel eitel, beschloss Brunke damals, wenn sie solch eine Show aus ihrer Trocknung machten, aber ihm erschienen sie vor allem als düsteres Wappentier einer unbekannten Macht.

Erst Jahre später hatte er gelesen, dass sein Vater, der sich nie mit weitschweifigen Erklärungen aufzuhalten pflegte, recht gehabt hatte: Um tief tauchen zu können, fettete der Kormoran sein Gefieder nicht ein wie andere Wasservögel, sonst hätte er zu viel Auftrieb. Dann war das zwar clever, aber zugleich in der Konsequenz auch mühsam, fand Brunke und gewann Sympathie für den schwarzen Fischer, dessen Vorteil zugleich sein Handicap war.

Es dämmerte, und da es Hochsommer war, hieß das, dass es schon beinahe elf Uhr abends war. Brunke kehrte von seinem Gang über die Insel zurück. Zweimal hatte er sie umrundet und einmal durchmessen, aber es hatte ihm keine Ruhe geschenkt.

Brunke nahm die Stiege aus verwittertem Holz, die zu seinem neuen Lebensmittelpunkt führte. Er zog die quietschende Holztür zum Vogelwärterhaus auf, streifte die Gummistiefel ab, nahm eine Bügelflasche Bier aus dem Kühlschrank und klemmte sie sich unter den Arm. Er klaubte noch Mettwurst, Käse und ein Stück Butter heraus und trug alles zum Küchentisch. Kurz erschien ihm der Kormoran vor dem inneren Auge. Aber jetzt nur nicht vogelig machen lassen.

Noch bevor Brunke den Tisch erreichte, verharrte er. Da lag neben dem aufgeschlagenen Standardwerk »Vögel vermessen« ein Gewehr.

11

Jella schaute auf die Uhr. Sie schlug den Kragen ihrer Lederjacke hoch und zerrte am Revers, damit der Wind ihr nicht zu heftig in den freizügigen Ausschnitt blies. Es war zu kalt, es half nichts. Sie kramte den Schlüssel aus ihrem kleinen Paillettentäschchen und ging zurück zum Haus. Er kam sonst nie zu spät, deshalb war sie schon vorfreudig vors Haus getreten, um ein paar Minuten zu gewinnen.

Sie schloss die Haustür mit den Butzenscheiben auf, trat ein und ließ die Tür hinter sich ins Schloss fallen. Sie suchte aus der Handtasche ihr Telefon heraus. Während sie darauf wartete, dass die Verbindung hergestellt wurde, kontrollierte sie im großen Garderobenspiegel ihr Aussehen. Die eichene Einrichtung der Diele stand in gewissem Kontrast zu ihrem Outfit, oder umgekehrt – jedenfalls wäre niemand von selbst auf die Idee gekommen, dass die Blondine mit weinroter Bluse, Lederjacke, Rock, Nylons und Zwölf-Zentimeter-Absätzen hier zu Hause war. War sie aber. Nur dass sie meist anders angezogen war. Und die Fingernägel sonst nicht im Ton ihrer Bluse lackiert waren.

Während sie es klingeln ließ, trat sie näher an den Spiegel und wischte einen Krümel Mascara fort, der sich in ihre Augenfältchen verirrt hatte. Sie drückte den roten Hörer auf ihrem Telefon. Sie hatte es lange klingeln lassen, ohne dass jemand abnahm. Hatte er sie etwa versetzt? Abserviert, ohne ein Wort zu sagen? Nach ein paar Wochen? Und nachdem sie schon so viel aufgegeben hatte? Das mochte sie nicht glauben. Aber eine andere Erklärung fand sie nicht. Nicht im Moment.

Sie ging ins Wohnzimmer, setzte sich auf die Lehne des in Pastellfarben gemusterten Sofas, zupfte geistesabwesend ihren Ausschnitt zurecht und schaute aus dem Fenster. Ihr Blick fiel auf die Baustelle vor dem Haus, eine Villa im Toskana-Stil, sie war noch eingerüstet, aus dem Boden ragten schwarze Schläuche.

12

Es brauchte nicht sonderlich viel Hellsicht, um auf den Gedanken zu verfallen, dass das Gewehr auf dem Tisch etwas mit dem Toten zu tun hatte, oder genauer gesagt mit dem Mord, dessen Augenzeuge Brunke geworden war. Dass die Waffe jetzt bei ihm in der Hütte lag, gefiel ihm nicht. Zum einen hieß das, dass der Mörder immer noch in der Nähe und womöglich sogar noch auf der Insel war – oder nach Belieben kam und ging –, zum anderen dämmerte Brunke der Verdacht, dass man ihm das Ganze unterschieben wollte. Eine einsame Insel, auf der es eine Waffe gab, einen Toten und eine einzige lebende Person – da konnte ein bequemer Ermittler schon auf den Gedanken verfallen, dass der Zusammenhang so schlicht war, wie es der Augenschein nahelegte.

Brunke überlegte, was er mit der Waffe tun sollte, aber er stellte sie erst mal nur neben das Küchenbuffet. Er öffnete eine neue Flasche Bier, nahm einen Schluck und setzte sich auf die Veranda.

Es ging ein kräftiger Wind, und Brunke streckte seine Nase genüsslich hinein wie ein Hund aus dem Seitenfenster eines fahrenden Autos. Er liebte es, die Natur zu spüren, Wind, Kälte, Feuchtigkeit, Gerüche. Für einen Moment trug die kräftige Brise alle düsteren Gedanken fort. Brunke dachte zurück an den Garten seiner Eltern, in dem der Vater abends saß und in die Dunkelheit schaute, so wie er jetzt. Damals hatte er kaum ahnen und nie wirklich verstehen können, wie frei man sich fühlen konnte, weil man sich klein fühlte in der mächtigen Natur. Er dachte an den Scheinwerfer, den der Vater irgendwann im Garten installiert hatte, um nachts Igel huschen zu sehen und Käuzchen, wenn sie einen anschauten und sich vielleicht etwas dabei dachten oder auch nicht. Aber es war das Ausleuchten eines Geheimnisses. Nach ein paar Wochen hatte der Vater den Scheinwerfer wieder abgebaut.

Brunke realisierte, wie elementar die schönsten Momente seines Lebens für ihn mit Natur verbunden waren. Er dachte an nächtliche Stunden am See, als Jugendlicher, mit einer Freundin, deren Haut sich kühl anfühlte im Dunkel der Nacht. Wanderungen in strömendem Regen und gegen den Wind, allein oder Hand in Hand. Er dachte an all diese Freiheit, die die Natur schenkte und auf die er so lange verzichtet hatte.

Er fragte sich, wie er es ausgehalten hatte in der Stadt, zwischen all den Häusern, Straßen, Pflaster, Beton, jeder Quadratzentimeter bebaut, beplant, urbanisiert, wie sie euphemistisch sagten, dabei hatten sie einfach nur der Natur ihren Geist ausgetrieben, sie gezähmt, sterilisiert. Die Bäume in den Straßen kamen ihm vor wie Tiere im Zoo, sie würden sicher lieber anderswo mit ihren Artgenossen stehen, aber man hatte sie ja nicht gefragt. Ihn hatte man auch nicht gefragt, aber noch viel schlimmer: Er hatte sich selbst nicht gefragt, ob das denn gut für ihn wäre. Er hatte es einfach getan, weil es viele taten, er war in die Stadt gegangen, hatte das Leben gesucht und es dabei fast verloren. Hatte sich freiwillig in ein Gehege begeben, das nicht einmal einen Zaun brauchte, weil seine Bewohner von selbst blieben.

Brunke nahm einen Schluck und schaute ins Dunkel. Ohne Scheinwerfer war es tatsächlich besser. Man musste seinen Sinnen mehr vertrauen, konnte wieder lernen zu hören, zu riechen, mit der Haut zu spüren und nicht nur zu sehen. Das ganze Leben war auf Sehen ausgerichtet in der Stadt, eine einzige große Flut an Bildernlichternfarbengesichtern, eine endlose Reizschlammlawine.

Brunke war froh, dass er sich für die Insel entschieden hatte. Sehr froh. Umso betrübter und beunruhigter war er, dass diese Ruhe nun gestört wurde – durch dunkle Schatten aus der Stadt.

Er ahnte, dass es nicht damit getan sein würde, die Ereignisse zu verdrängen. Er würde noch einmal zurück müssen, um wirklich seine Ruhe zu finden.

13

»Ebbo!«, rief Marte Hinrichs ungehalten aus der Küche.

»Hmmm?«, kam es aus der Gaststube zurück.

»Is der jetzt schon wech, oder kommt der noch frühstücken?« Marte erfühlte unzufrieden, dass das gekochte Ei schon abgekühlt war. Sie vollführte auf dem Wachstischtuch eine sinnlose Rochade von Fleischwurst und Käse.

»Weiß nich«, klang es von nebenan hinter den »Ostfriesischen Nachrichten« hervor.

Für einen kurzen Moment hatte Marte das Gefühl, als würden sich die Tage alle gleichen: das ganze Leben eine ständige Wiederholung. Sie überlegte, wie sie sich beweisen könnte, dass sie nicht in einer Zeitschleife gefangen war.

Mit schnellen Schritten ging sie an Ebbo vorbei und auf die Tür mit der Nummer »1« zu, und ohne anzuklopfen riss sie sie auf. Das hatte sie noch nie gemacht, in vierzig Jahren als Wirtin. Aber sie hatte sich damit erfolgreich aus der befürchteten Zeitschleife katapultiert, sie war angekommen im Hier und Jetzt – und in einem verwaisten Zimmer. Kurz war sie ratlos. Das Bett war ordentlich hergerichtet, genau so, wie sie es am Vortag zurückgelassen hatte.

»Ebbooooo«, rief sie.

»Hmmmmmm?«, kam es zurück.

»Der war gar nich da.«

»Hm.«

Es entstand eine längere Pause, während derer Marte auf das Bett starrte und Ebbo an seiner Zeitung vorbei ins Nirgendwo.

»Hat er denn bezahlt?«, rief Ebbo.

»Nich für die letzte Nacht.«

Es dauerte fast anderthalb Stunden, bis ein ortsfremdes Auto vor der Pension »Bremermann« hielt. Marte schob die Häkelgardine wieder vors Fenster. Nicht dass es am Ende noch so wirkte, als hätte sie hinausgeschaut.

Der Mann, der dynamisch aus dem dunkelblauen Audi A3 stieg, war mittelalt, mittelgroß und trug ein knallrotes Shirt mit der Aufschrift »Maserati« und einer großen Ziffer »3«, um den Hals hatte er einen glänzenden, völlig zerknüllten, lässig geknoteten Schal in Rot- und Orangetönen.

Einen Moment später stand er in der Gaststube.

»Hauptkommissar Beckmann, Kriminalpolizei Aurich/Wittmund«, stellte er sich vor.

Ebbo schaute ihn wortlos an, Marte trat von hinten dazu und sah mit einer Mischung aus Misstrauen und Erstaunen auf den Fremden und seine Aufmachung.

Geduld war nicht eine der großen Stärken von Kommissar Beckmann, und da er inzwischen wusste, dass die Einwohner dieses Landstrichs in der Regel nicht zur Redseligkeit neigten, nahm er gleich das Heft in die Hand.

»Sie haben hier einen Vermissten?«

»Wenn wir den hier hätten, wäre er ja wohl nicht vermisst«, entgegnete Ebbo.

Sofort fiel Beckmann schmerzlich das Talent der Einheimischen zur Schlagfertigkeit ein.

»Ich meine, Sie haben angerufen, weil Sie jemanden vermissen?«, präzisierte er, noch relativ geduldig.

»Nö, wir vermissen eigentlich nur sein Geld«, war Ebbos Antwort.

Beckmann dachte kurz über eine Strategie nach, das Gespräch halbwegs vernünftig über die Bühne zu bringen.

»Er hat für zwei Nächte bezahlt, aber das Zimmer drei Nächte belegt«, half Marte dem Kommissar weiter.

»Und jetzt weigert er sich, die dritte zu bezahlen? Da hätten Sie ja nicht gleich die Kripo rufen müssen«, sagte Beckmann verärgert.

»Wir ham die Polizei angerufen. Wen die schicken, können wir ja nich ahnen«, erwiderte Ebbo frostig und musterte Beckmann dabei unübersehbar von Kopf bis Fuß.

Die Männer sahen sich an.

»Der hat sich ja gar nich geweigert«, versuchte Marte zu schlichten.

»Wie, ich denke …« Jetzt war Beckmann völlig verwirrt.

»Der is einfach nicht mehr gekommen«, flüsterte Marte, als könne womöglich irgendwer ein großes Geheimnis mithören.

»Also doch verschwunden«, konstatierte Beckmann halb entnervt, halb erleichtert, dass seine halbstündige Autofahrt nicht ganz vergebens war.

Er nestelte ein Notizbuch heraus, schlug es auf und nahm einen Kugelschreiber zur Hand.

»Sind Sie mit dem Vermissten verwandt oder verschwägert?« Mit einem Blick, den er für listig hielt, schaute er zwischen Marte und Ebbo hin und her.

Als Beckmann merkte, dass er keinerlei Reaktion auf die Frage erntete, fuhr er fort: »Name, Alter?«

»Ebbo Hinrichs, dreiundfünfzig.«

Beckmann begann zu schreiben, dann schaltete er.

»Nicht Sie, Mann, der Vermisste.« Nun geriet Beckmann an die Grenzen seiner Geduld. Das durfte doch nicht wahr sein! Ebbo blickte zu Marte, die hinter der Theke das Anmeldebuch aufschlug.

»Harms, Ga…rü… oder so«, entzifferte sie mühsam, »geboren am 16.4.1968.«

»Hm.« Beckmann krakelte in sein Heft.

»Wohnhaft?«

»Berlin, Hase… Hasemannstraße 17.«

Beckmann notierte.

»Huse. Husemann«, verbesserte Marte sich.

Beckmanns Ungeduld wuchs. Er ging zu Marte und schaute selbst ins Buch.

»Gary«, las er. »Gary heißt der Mann, nicht Garü!«, setzte er tadelnd nach.

»Ach, kennen Sie den?«, fragte Marte arglos.

»Nein, ich kann nur …« Beckmann verkniff sich eine spitze Bemerkung. »Wann haben Sie den Mann zuletzt gesehen?«

»Vorgestern, glaub ich, nicht?«, wandte Marte sich an Ebbo.

»Hmmm«, brummelte der.

»Und da sagen Sie heute erst Bescheid?«

»Wir sind ja nicht seine Aufpasser, das ischa'n freier Mann, oder nich?«, blaffte Ebbo.

Beckmann suchte nach einem Gegenargument.

»Außerdem war bis gestern ja bezahlt«, ergänzte der Wirt. »Und wir haben jede Menge andere Sachen zu tun, als hinter den Gästen herzuschnüffeln«, setzte er noch mal nach und erntete einen interessierten Blick von Marte.

»Der war ja öfter hier, die letzten Wochen, aber einfach so verschwunden ist der noch nie«, sagte Marte.

»Vielleicht hat er ja spontan woanders übernachtet und taucht hier gleich quietschfidel wieder auf, wie wäre es denn damit?«, bot Beckmann als Lösung an.

»Wo soll der denn übernachtet haben?«, brummte Ebbo.

»Na, irgendwo, ich meine, vielleicht hat er ja jemanden kennengelernt und ist dann einfach –«

»Hier lernt man niemanden kennen«, unterbrach Ebbo die erotische Phantasie des Kommissars.

»So sah der nicht aus«, bekräftigte Marte.

»Hm, na gut. Hat er denn etwas hiergelassen?«

»Jo«, bestätigte Ebbo.

Beckmann wartete vergeblich auf eine weitere Ausführung.

»Darf ich das denn mal sehen?«, setzte der Kommissar nach.

»Wenn Sie meinen, das hilft was …« Ebbo wies in Richtung Diele. Marte setzte sich in Bewegung und öffnete die Tür mit der aufgeklebten Nummer »1«.

Beckmann folgte ihr und sah sich um. Häkelpuppen, Häkeldecken, Häkelkissen, dazu ein Segelboot in flammendem Sonnenuntergang über der eichenen Kommode.

Kein Wunder, dass der Mann nicht wiedergekommen ist, dachte Beckmann bei sich, wahrscheinlich hatte er Alpträume. Den Kommissar ereilte eine Vision, in der ein Mann mit nur unscharf zu erkennendem Gesicht rouladenartig in eine große Häkeldecke eingewickelt auf dem Bett lag.

»Das sind seine Sachen«, riss Marte den Ermittler aus seiner Handarbeitsphantasie.

»Ah«, machte Beckmann und ging auf den aufgeklappten

Koffer auf der Kommode zu. Businesshemden, Businesskrawatten. Er begann, unter den Kleidungsstücken herumzutasten. Ebbo war mittlerweile in die Tür getreten und beobachtete die Ermittlungsarbeit.

»Warum nehmen Sie die Sachen nicht einfach raus?«, verblüffte er den Kommissar mit einem Vorschlag. Beckmann hielt inne, schaute zu Ebbo und dachte nach.

»Oder dürfen Sie das nicht?«, bot Ebbo an.

Beckmann setzte zu einer Antwort an, verkniff sie sich und hob den Stapel von drei Hemden hoch. Darunter kamen zum Vorschein: ein Notizbuch, eine Nagelschere, ein aufgerissener Briefumschlag, der anscheinend Kontoauszüge enthielt, sowie drei Kondome. Beckmann griff sich ein »Durex Gefühlsecht« und hielt es triumphierend in die Höhe.

»Na? So was gibt's hier nicht, ja?«

»Das haben wir ja nicht gesagt«, konterte Ebbo.

»Der hätte sie ja wohl nicht dabei, wenn hier nicht was ginge«, führte Beckmann aus.

»Gebraucht hat er sie ja anscheinend nicht«, konstatierte Ebbo.

»Ja, aber vielleicht waren das mehr, und er hat …« Beckmann brach ab, als er in Ebbos regungsloses Gesicht blickte. »Sie haben ihn nicht zusammen mit irgendeiner Frau gesehen?«, sagte Beckmann, ohne wirklich eine Antwort zu erwarten. Marte und Ebbo schauten ihn mit lauer Erwartung an.

»Ja gut, dann …« Beckmann überlegte. »Hat er ein Auto gehabt?«

»Wieso gehabt? Das wird er ja immer noch haben. Oder glauben Sie, dass er tot ist?«, fragte Marte neugierig.

»Nein, was weiß denn ich. Also, hat er ein Auto?«

»Ja, so'n schickes«, sagte Ebbo.

»Geht das auch etwas genauer?«

»So silbern war das«, sagte Marte. »Oder IST das.«

»Marke?«

»Hm. BMW«, meinte Ebbo.

Beckmann notierte.

»Oder Mercedes.«

Beckmann schaute zu Ebbo und schrieb weiter.

»Oder so'n Japaner. Schwer zu sagen, die sehen ja heute alle gleich aus«, ergänzte Ebbo.

Beckmann strich nicht ganz aggressionsfrei seine Notizen durch. »Nach einem Kennzeichen brauche ich Sie ja wohl nicht zu fragen.«

»Na ja, fragen können Sie immer. Aber wissen tun wir das nicht.« Ebbo schaute zu Marte, die mit einem Kopfnicken ihre Ahnungslosigkeit bestätigte.

»Gut, das wär's dann erst mal, Sie hören von uns.« Beckmann nahm das Notizbuch aus dem Koffer, verabschiedete sich mit einer grüßenden Geste und verschwand aus der Tür.

Marte und Ebbo sahen ihm durch das Fenster nach. Der Kommissar ging sehr schnellen Schrittes zu seinem Auto, stieg ein und knallte die Tür hinter sich zu.

Im Auto atmete Beckmann tief durch, bevor er die Zündung betätigte. Der CD-Spieler zog eine Scheibe, die aus dem Gerät ragte, automatisch ein. Es surrte, dann ertönte eine sanfte Stimme.

»Diese CD hilft Ihnen dabei, Ihre Verspannungen zu lösen und den Alltagsstress abzubauen. Sind Sie leicht reizbar? Werden Sie schnell aggressiv? Das ist nicht gut. Sie werden lernen, die Welt mit Gelassenheit und Humor zu sehen. Unser Dasein ist ein Geschenk, das wir –«

Beckmann hämmerte auf das Tastenfeld, bis das Gerät die CD wieder ausspuckte. Dann begann er, in dem Notizbuch des Vermissten zu blättern. Es stand nicht viel drin, es schien nicht regelmäßig in Gebrauch zu sein.

Das Gerät in der Mittelkonsole zog die CD wieder ein.

»... die entspannende Wirkung dieser CD beruht auf der progressiven Muskelentspannung von Jacobson. Sie ist leicht zu erlernen, und schon nach ganz kurzer Zeit werden Sie ihre wohltuende Auswirkung auf Ihr körperliches und seelisches Befinden verspüren. Eine Phantasiereise wird Sie –«

Beckmann hämmerte erneut auf die Tasten ein, die CD kam

zum Vorschein, Beckmann riss sie heraus und warf sie in den Fußraum des Beifahrersitzes.

Im Notizbuch gab es nur in bestimmten Wochen Einträge, dazwischen wieder seitenlang nichts. In der aktuellen Woche standen einige Notizen, alles rätselhafte Kürzel aus Initialen, wie sollte er daraus schlau werden? Am Vortag fand er einen hingekrakelten Eintrag ganz am Kopf der Seite: »Mell.«.

Beckmann konnte das Kürzel nicht deuten. Er klappte das Buch zu und schaute geradeaus. Nach einer Weile fasste er einen Entschluss und sich ein Herz. Er kannte niemanden in dieser Gegend, und alle anderen Bewohner dieses Fleckens würden ihn wahrscheinlich mit derselben Herzlichkeit willkommen heißen wie die beiden verstockten Wirtsleute der Pension »Bremermann«. Die kannte er wenigstens schon, da konnte er sich zumindest das Anbahnungsgeplänkel sparen. Er stieg aus und ging auf die Tür des Gasthofs zu.

14

»Oh, ’tschuldigung.« Malte schloss die Badezimmertür sofort wieder, als er Jella vor dem Spiegel stehen sah. Sie war in ein großes Badetuch gehüllt und gerade dabei, ihre nassen Haare in ein Handtuch zu wickeln.

»Moin, kannst rein.« Einen Moment später öffnete sie und schlüpfte an ihm vorbei.

Malte, selbst in T-Shirt und Unterhose, ging ins Bad und schaute in den Spiegel. Er wusste nicht so recht, wer ihm da entgegenblickte. Ein cooler Hund? Eine Pfeife? Jedenfalls sah der Bursche ziemlich missmutig aus, und das lag nicht nur an den Bieren vom Vorabend, da war sich Malte zumindest sicher.

Als er fertig war mit Zähneputzen, Rasieren und Anziehen und die Treppe nach unten genommen hatte, fand er in der eichenen Garderobe vor dem großen Spiegel einen Zettel. Darauf stand: »Bökhoff anrufen wg. Garage. J.«

15

Beckmann trat in die Gaststube, wo ihn das Ehepaar Hinrichs schon erwartete.

»Kennen Sie einen Mell…?«, fragte er die beiden ohne Umschweife. »Oder eine?«, ergänzte er listig mit Bezug auf seine Erotikthese.

»Zeigen Sie ma her«, ließ sich Ebbo zur Hilfestellung herab.

Beckmann reichte ihm das Notizbuch.

»Das ist kein Wer, das is ein Wo«, orakelte Ebbo.

»Äh, bitte?«

»Das is kein jemand, das is'n Ort.«

»Ah«, machte Beckmann, um den Erzählfluss zu erhalten – doch er verebbte.

»Und wo ist dieser Ort?« Beckmann betonte das Wort »Ort« überdeutlich, um seinem Gegenüber die Dürftigkeit seiner Auskunft vor Augen zu führen.

Ebbo deutete in die Ecke des Gastraums, womit er wohl eine Himmelsrichtung anzeigen wollte.

»'ne Insel«, erklärte Ebbo.

»Eine Insel?« Beckmann wurde kurz schlecht. »Und wo, äh, wie komm ich da hin?«

»Gar nich.«

Beckmann erlebte eine innere Rumpelstilzchenattacke. »Können Sie mir bitte sagen, wie ich zu dieser Insel komme?«

»Gar nich. Sag ich doch.«

Beckmann dachte über den Gebrauch seiner Dienstwaffe nach.

»Dürfen Sie nich. Is 'ne Vogelschutzinsel.«

Beckmann überlegte. »Hm, aber dann kann doch dieser Harms da auch nicht hingefahren sein.«

»Hat ja auch keiner gesacht«, stellte Ebbo zutreffend fest.

Der Kommissar dachte nach, und Marte und Ebbo sahen ihm interessiert dabei zu. Beckmann hatte keinen Anhaltspunkt außer dieser Notiz vom mutmaßlichen Tag des Verschwindens dieses Mannes.

»Gibt es denn – nur rein theoretisch – irgendeine Möglichkeit, auf diese Insel zu kommen?«, fragte er in Erwartung einer schlagfertigen Replik.

»Mit'm Boot«, sagte Ebbo.

Beckmann tat ungerührt. »Und von wo fährt das?«

»Gar nich. Da gibt's keine Linie oder so was.«

»Und kann man irgendwo ein Boot mieten?«

Jetzt schien Ebbo ernsthaft nachzudenken. Er schaute Marte an, die auch grübelte, dann schüttelten beide gleichzeitig den Kopf.

»Nee, wüsste nich, wo.«

Beckmann versuchte es von vorn. »Irgendwann fährt doch sicher mal jemand auf diese Insel, um nach dem Rechten zu sehen, oder etwa nicht? Ob's den Vögelchen da gut geht, hm?«

Ebbo und Marte schauten sich an. Sie wussten nicht, ob der Kommissar jetzt lustig wurde oder einfach eine Schraube los hatte.

»Jo, der Vogelwart«, erklärte Ebbo.

»Aha! Und wie heißt der, und wo wohnt der?«

Ebbo ignorierte den ersten Teil der Frage. »Auf der Insel.«

»Kann man den irgendwie erreichen?« Beckmann dachte an die Progressive Muskelentspannung von Jacobson. Immerhin hatte er die CD schon dreimal ganz durchgehört. Er begann, kauende Bewegungen mit seiner Kiefermuskulatur zu vollführen, was Ebbo und Marte ziemlich erstaunte.

»Bestimmt«, knüpfte Ebbo an Beckmanns Frage an.

Beckmann begann, vermutlich ausgelöst durch die Kaubewegungen, sich seinerseits zu fragen, warum er sich so in diese Insel verbiss. Aber er hatte keine andere Spur.

»Sie können ma da anrufen bei dem Verein.« Ebbo nickte Marte zu, sie holte das Telefonbuch, leckte sich den Finger und schlug die dünnen Seiten um. »M…« Sie fuhr mit dem Finger die Spalte herunter. »Da.« Sie griff nach einem Kellnerblock und einem Stift und krakelte eine Nummer darauf: 2640. Den Zettel gab sie Beckmann, der das Ganze stumm verfolgt hatte.

»Das ist der Verein, der die Station betreibt«, erklärte Ebbo. »Eitel Wolters.«

»Eitel?«, fragte Beckmann nach. Ebbo nickte. Beckmann reimte sich zusammen, dass man das hier in der Gegend wohl so machte: Man gab sich Spitznamen entsprechend der hervorstechendsten Eigenschaft. Dann müsste der Wirt hier ja Maulfaul Hinrichs heißen, dachte sich der Kommissar und fragte leidend weiter.

»Aha, und dieser Eitel ist auf der Insel?«

»Nein. Der weiß aber, wer da ist. Der kann Sie da auch hinbringen, wenn Sie da unbedingt hinwollen. Wenn er nix anderes vorhat.«

»Danke …« Beckmann war verblüfft von dem Aufscheinen von Hilfsbereitschaft. Er schaute auf den Zettel mit der »2640«.

»Ähm, und die Vorwahl?«

»Dieselbe wie hier.« Ebbo grinste ihn freundlich an.

Beckmann saß in seinem Auto und las die Vorwahl von einem kleinen Streichholzbriefchen ab, auf dem in Grün ein stilisiertes reetgedecktes Haus abgebildet war. Er tippte die Nummer ins Telefon, dann die vier Ziffern von Marte Hinrichs Zettel. Es klingelte dreimal, bis sich eine freundliche Stimme meldete.

»Naturschutzverband Mellert, Eitel Wolters, moin.«

Ein seltsames Völkchen, das sich klaglos auch unschmeichelhafte Spitznamen zu eigen machte, dachte Beckmann.

»Guten Morgen, ich meine moin, Beckmann hier, Hauptkommissar Beckmann von der Kripo Aurich/Wittmund. Ebbo Hinrichs hat mir Ihre Nummer gegeben, oder vielmehr seine Frau, weil –«

»Ist was passiert?«, unterbrach ihn sein Telefongegenüber.

»Nein, überhaupt nicht, ich meine, überhaupt nicht ist auch nicht richtig, es ist jemand verschwunden …«

»Ebbo?«, fragte der freundliche Herr Wolters.

»Nein, Beckmann, Beckmann von der Kripo Aurich/Wittmund …«

»Ich meine, ob Ebbo verschwunden ist.«

»Nein, der ist da, quietschfidel«, sagte Beckmann und dachte im selben Moment, was für ein vollkommen unpassender Ausdruck das war, um die Verfassung eines nicht mehr ganz jugendlichen Griesgrams zu beschreiben. »Nein, es ist so, Sie haben doch da diese Insel …«

»Mellert«, präzisierte Eitel Wolters.

»Genau. Und aus der Pension von den Hinrichs ist ein Gast verschwunden, und es gibt Aufzeichnungen, die nahelegen, dass der Verschwundene vielleicht auf die Insel gefahren ist.« Beckmann war selbst überrascht, den Sachverhalt so kompakt zusammengefasst zu haben.

»Da kommt niemand hin«, war Wolters' Antwort.

»Ich weiß, also ich meine, ich weiß, dass da niemand hindarf, aber das heißt ja noch nicht, dass es nicht trotzdem jemand tut. Wissen Sie, ich bin bei der Polizei, schon eine ganze Weile inzwischen, und Sie glauben nicht, was man da so erlebt, was die Leute alles nicht tun dürfen und trotzdem machen, also ich rede da jetzt gar nicht mal von den ganz großen –«

»Wehe, der ist auf die Insel«, unterbrach Eitel Wolters den Vortrag über die dunklen Seiten der Menschheit.

»Das würde ich eben gerne prüfen.«

»Heute geht das nicht mehr, ich hab abends einen Vortrag über Beringung, da muss ich noch die Bilder raussuchen. Aber morgen früh, sagen wir um neun? Wohnen Sie im Ort? Sind Sie bei Ebbo?«

»Ähm …« Beckmann dachte nach. »Wir können uns auf jeden Fall da treffen, morgen um neun.«

»Wir haben übrigens jemanden auf der Insel, die Station muss ja besetzt sein. Eine ganz zuverlässige Kraft, kommt ursprünglich aus der Gegend hier. Der wird dem schon den Marsch geblasen haben, wenn der da einfach auf der Insel aufgekreuzt ist. Ich glaub das aber nicht.«

»Dann auf jeden Fall bis morgen, ja? Vielen Dank.«

»Ja, ach, und wenn Sie das interessiert, kommen Sie doch gern zum Vortrag. Neunzehn Uhr im ›Haus des Gastes‹«, fügte Eitel Wolters an.

»Ja, danke, ich schaue, ob ich es einrichten kann.«

Beckmann dachte nach. Diesen Fall musste er lösen, auf welchem Weg auch immer. Nicht noch eine Pleite. Wohin würden sie ihn dann versetzen? Auf eine unbewohnte Insel? Auf die Vogelinsel vielleicht?

Er sollte sich in den Verschwundenen hineinversetzen. Das machten Profiler, gerade hatte er es erst wieder im Fernsehen gesehen. Er musste sich ganz auf die Fährte des Verschwundenen begeben, dann würde er etwas herausbekommen. Er musste auf diese Insel, davon war er überzeugt. Inzwischen hoffte er inständig, dass seine Prophezeiung, der Vermisste würde plötzlich wieder auftauchen, nicht in Erfüllung gehen würde. Es könnte seinen engagierten Einsatz etwas lächerlich wirken lassen.

Er fasste einen Entschluss, den er für tollkühn hielt: ein Zeichen von Entschlossenheit und Gedankenschärfe. Die Hilfsbereitschaft der Wirtsleute hatte ihn zusätzlich ermutigt. Und morgen um neun musste er ohnehin schon wieder hier sein.

Beckmann betrat den Gastraum, und obwohl er in Ebbos Gesicht keine große Begeisterung über seinen erneuten Auftritt lesen konnte, fasste er sich ein Herz und fragte: »Haben Sie ein Zimmer?«

»Das wissen Sie ja.«

»Ich meine, eins für mich. Nicht das von diesem Harms.«

Ebbo überlegte. Dann rief er über seine Schulter in Richtung Küche.

»Marte, haben wir ein Zimmer?«

Verblüfft schaute Marte aus der Küche und sah den Mann mit dem orangeroten Etwas um den Hals wieder im Gastraum stehen. Sie blickte zu Ebbo, der mit dem Kopf Richtung Ermittler nickte.

»Für wie lange denn?«, fragte Marte.

»Hm, eine Nacht erst mal?« versuchte Beckmann vorsichtig auszuloten, ob eher ein kürzerer oder längerer Aufenthalt seine Chancen auf ein Zimmer erhöhen würde.

»Machen wir eigentlich nicht, nur für eine Nacht«, war Martes missmutige Reaktion.

»Machen wir eigentlich nicht«, echote Ebbo.

»Hm, vielleicht bleibe ich ja auch länger«, versuchte Beckmann. Die Begeisterung seiner Gegenüber angesichts dieser neuen Perspektive hielt sich allerdings ebenso in Grenzen.

»Vielleicht hab ich es ja aber auch morgen gelöst und bin dann schon wieder weg«, ruderte er zurück. »Ich bezahl auch gleich, keine Sorge. Nicht dass Ihnen noch ein Gast abhandenkommt«, versuchte er es mit einem Scherz.

»Wär ja nich schlimm, solange bezahlt ist.« Ebbo kramte in der Schublade des Tresens und holte einen Schlüssel heraus, an dem ein Anhänger mit der Nummer »2« baumelte.

Beckmann strahlte den Wirt an, als hätte er gerade den Bescheid zur Beförderung bekommen.

»Macht fünfunddreißig Euro.« Ebbo holte das Gästeregister und legte es aufgeschlagen vor Beckmann hin.

»Wollen Sie Frühstück?«, schaltete Marte sich ein.

Beckmann bejahte.

»Dann achtunddreißig.« Ebbo krakelte etwas auf einen Quittungsblock.

»Kommen Sie auch?«, fragte Marte.

Beckmann verstand die Frage nicht.

»Zum Frühstück.«

»Ähm, ja, ich sagte doch gerade …«, antwortete Beckmann verunsichert.

»Acht Uhr«, unterbrach ihn Marte, und Beckmann nickte ehrfürchtig.

Beckmann schloss die Tür zu Zimmer Nummer »2« auf. Er trat ein, stand in einem weiteren Häkelparadies und war plötzlich deprimiert. Aus seiner grandiosen Idee, forsch und selbstbewusst Profilereinsatz zu zeigen, war auf einmal ein trostloses Unterfangen geworden. Erst die blöde Fragerei der Wirtsleute, jetzt das häklige Ambiente – und was wollte er eigentlich auf der Insel?

Beckmann sinnierte, warum er sich immer so schnell entmutigen ließ. Er legte sich auf die Häkelüberdecke, sank tief ins Daunenbett ein und schaute an die Rauputzdecke, die in Wahrheit aus Styropor war. Über ihm hing eine Bleiglaslampe mit bunten Scheiben.

16

Brunke saß in seinem Tarnzelt und führte Buch. Seine Konzentration war nicht dieselbe wie an den ersten beiden Tagen. Er schaute durch sein Spektiv und schwenkte den Küstenstreifen ab. Plötzlich entdeckte er auf der Landseite der Dünen ein Küken. Ein schwarzes Küken. Ein pechschwarzes Küken, so als sei ein gelbes Osterküken in schwarze Tinte gefallen.

Brunke war sprachlos. Das hatte er zuletzt als Kind gesehen, als er mit seinem Vater auf der Insel unterwegs gewesen war, vor Jahrzehnten. Das schwarze Küken war für ihn der Auslöser seiner Begeisterung für Vögel gewesen. Klein und flauschig huschte es über den hellen Sand, und erst viel später hatte Brunke sich gefragt, ob es so eine gute Idee der Evolution gewesen war, für eine Vogelart, die auf hellem Sand herumlief, tintenschwarze Küken vorzusehen. Vielleicht waren sie deshalb fast ausgestorben, weil selbst eine halb blinde Möwe die Küken auf dem Sand entdecken und sich flugs einverleiben konnte.

Was dort huschte, war ein junger Wachtelkönig, daran gab es keinen Zweifel, und dass die Tiere hier gebrütet hatten, hieß Gutes für die bedrohte Art. Hinter der Düne kamen jetzt mit hühnerartiger Bewegung auch die Eltern zum Vorschein. Unscheinbar und ganz unköniglich schauten sie aus, und Brunke fragte sich, wer ihnen bloß ihren Herrschertitel verpasst hatte. Der alte König stieß seinen schnarrenden Laut aus, für Brunke der Beweis, dass er sich nicht getäuscht hatte.

Brunke machte Fotos, die Vögel hühnerten gemächlich hinter die nächste Anhöhe. Brunke nahm das Heft mit seinen Aufzeichnungen zur Hand und hielt seine Beobachtung fest. Er vergaß vollkommen, dass die Königsfamilie sich gerade in Richtung einer verscharrten Leiche bewegte.

Brunke war wieder in seinem Element. Er beobachtete Austernfischer, die suchend durch die Dünen streiften und von ihren Artgenossen weitergescheucht wurden. Die Vögel erinnerten ihn an seine Berliner Bekannten, die ewig auf der Warteliste für eine Datsche standen. Die Claims im Inselsand waren ebenso abgesteckt wie in der Kleingartensiedlung, manche Vögel warteten zehn Jahre, bis sie einen frei werdenden Brutplatz ergattern konnten. Die guten Plätze wurden ein Leben lang verteidigt, und weil so ein Austernfischer vierzig Jahre alt werden konnte, dauerte es bisweilen, bis einer seine Nistdatsche beziehen konnte.

Brunke fragte sich, ob er die Vögel für ihre stoische Geduld bewundern oder für ihre mangelnde Flexibilität bedauern sollte. Aber das galt ja für seine Berliner Datschenfreunde genauso wie für alle, die sich etwas in den Kopf setzten und den Großteil ihres Lebens mit dem Warten darauf verschwendeten. Je länger die Zeit wurde, desto schwerer konnte eine späte Erfüllung Entbehrungen und Warten kompensieren. Und so saßen am Ende vielleicht auch die Austernfischer da und fragten sich, ob die paar Quadratzentimeter Sand es wert gewesen waren, das halbe Leben zu verwarten – um als Spätgebärende in einem dann doch nicht ganz perfekten Eigenheim zu hocken.

17

Beckmann trat in den Gastraum ein. Hinter dem Tresen stand Ebbo und zapfte ein Bier. Andere Gäste waren nicht anwesend.

»Haben Sie eigentlich auch Küche?«, fragte Beckmann vorsichtig.

»Hmmm«, bejahte Ebbo, setzte das frisch gezapfte Bier an die Lippen und trank einen kräftigen Schluck.

»Ach, so eins nehm ich wohl auch«, versuchte Beckmann es jovial, noch bevor Ebbo das Glas wieder abgesetzt hatte. Der nickte und griff im Regal hinter sich nach einem Glas.

Beckmann stand etwas unschlüssig herum.

»Na, ich setz mich dann mal«, versuchte er ein Gespräch in Gang zu bringen.

Ebbo nickte.

Beckmann setzte sich an einen Tisch gegenüber dem Tresen. Vor ihm stand eine Topfpflanze, sie erinnerte ihn an die Pflanze in seinem Büro.

Unwillkürlich tastete er nach der Blumenerde, um zu prüfen, ob sie gut gegossen war.

Ebbo kam mit Beckmanns Bier hinter dem Tresen hervor und beäugte argwöhnisch, was Beckmann mit seinem Finger im Blumentopf machte. Als der Kommissar Ebbos Blick spürte, tat er so, als rücke er nur den Topf ein wenig zurecht, und lächelte den Wirt an. Der nahm einen Bierdeckel aus dem Halter auf dem Tisch, warf ihn vor Beckmann hin und platzierte die Biertulpe darauf.

»Danke«, sagte Beckmann. »Ach, und die Karte bitte.«

Ebbo musterte Beckmann kurz, bevor er sich wieder umdrehte und ging.

Beckmann nahm einen Schluck, da öffnete sich die Tür des Gastraums. Kurz fuhr Beckmann zusammen, entspannte sich aber gleich wieder. Offensichtlich war es nicht der Verschwundene, sondern, der Kleidung nach zu urteilen, kamen zwei Ortsansässige herein: Sie trugen Arbeitskleidung und einer von ihnen eine altmodische Schirmmütze, die er beim Eintreten abnahm.

»Moin«, sagte Malte Broers.

»Moin«, sagte Thees Bullerjahn.

»Moin«, antwortete Ebbo. Ohne hinüberzusehen griff er zu einem Pilsglas, öffnete den Bierhahn, ließ die Flüssigkeit ins Glas schäumen und schob noch ein zweites Glas unter den Hahn. Die Wanduhr hinter ihm zeigte auf kurz nach halb acht und tickte bedächtig.

Malte steckte eine Münze in den Sparkasten neben der Tür und steuerte den Stammtisch an. Thees warf beiläufig fünfzig Cent in den Schlitz des »Rotamint Exquisit Juwel«. Sofort erklang in der Manier einer hektischen Spieluhr die Melodie von »So ein Tag, so wunderschön wie heute …« und übertönte einige Sekunden lang die Wanduhr. Nach einem furiosen Düdelüdelüdelüdelüt verstummte das Gerät wieder, und auch Thees setzte sich.

Marte steckte ihren Kopf aus der Küchentür und blickte in Richtung der Gäste.

»Rull in Suur«, rief sie.

Malte nickte.

»Zweima«, rief Thees.

Ebbo nickte in Richtung Beckmann.

»Rull in Suur?«, rief Marte zu ihm hinüber.

Beckmann machte eine Geste zwischen Kopfnicken und Schulterzucken. Er wusste nicht, was das war, schien aber auch nicht groß die Wahl zu haben. Die Küchentür schlug hinter Marte wieder zu.

Ebbo trug zwei Bier zu den neuen Gästen, die skeptisch zu dem Ortsfremden rüberschauten.

Ein Pils später kam das Essen. Marte bediente erst die Stammgäste, dann steuerte sie mit Teller und Besteck auf Beckmann zu: ein großes Stück Fleisch, Salzkartoffeln, Rotkohl, Soße. Der Kommissar war zufrieden, das sah gut aus.

Er legte seinen Schal ab, damit der ihm nicht in die Soße hängen konnte, und säbelte sich vorfreudig etwas vom Fleisch herunter. Die Soße war überraschend säuerlich, das Fleisch hatte eine ungewohnte Konsistenz: weich, aber nicht faserig. Es erinnerte Beckmann an Calamari, die er hasste wie die Pest. Schnell verdrängte er den Gedanken, es könne sich bei dem Gericht um die Zubereitung eines ihm unbekannten Nordseebewohners handeln.

Beckmann stürzte sein Bier hinunter und winkte mit dem leeren Glas in Ebbos Richtung. Das geschah noch zweimal, bis Beckmann den Teller vollständig geleert hatte.

Ebbo steuerte auf Beckmann zu, servierte ihm das vierte frische Bier und stellte ein Schnapsglas mit einem Klaren daneben.

Beckmann schaute fragend hoch zu Ebbo. Der nickte ihm zu und schloss dabei vertrauensbildend die Augen.

Beckmann hob das Glas zum Gruß und kippte den Schnaps runter. Es folgte eine kleine Hustenattacke, die Beckmann knapp an den Rand des Erstickungstodes brachte, weil er versuchte, sie zu unterdrücken, indem er sich seinen Schal vors Gesicht presste und in die Rohseide hineinkeuchte. Das machte die Angelegenheit nicht weniger auffällig, zog sie aber erheblich in die Länge und führte dazu, dass, sobald Beckmanns unterdrücktes Bellen halbwegs abgeklungen war, ein neuer Schnaps auf dem Tisch stand. Beckmann schaut halb verzweifelt, halb fragend zu Ebbo. Der nickte zum Tisch von Malte und Thees rüber.

»Von den Herren. Zum Wohl.«

Beckmann setzte ein krampfiges Lächeln auf und erhob das Glas in Richtung des anderen Tisches. Er konnte nicht so richtig ausmachen, ob die Fremden freundlich zu ihm rüberlächelten oder diabolisch grinsten.

Kaum hatte Beckmann das Schnapsglas wieder abgestellt, stellte Ebbo ein volles daneben. Beckmanns Blick bekam etwas Flehendes, doch Ebbo zeigte wieder sein keinen Widerspruch duldendes Nicken.

Beckmann versuchte, die zwei bis vier Gäste am anderen Tisch scharfzustellen. Mindestens zwei von ihnen winkten ihn heran. Beckmann erhob sich – oder vielmehr, er versuchte es. Der erste Versuch scheiterte, weil er sich nicht an der wirklichen, sondern einer eingebildeten Tischkante abgestützt hatte und dabei beinahe mit dem Kinn auf dem Stuhl daneben aufgeschlagen wäre.

Beckmann rappelte sich auf und lächelte unsicher in den Raum wie ein Zauberer, der gerade versehentlich seine Assistentin angesägt hatte. Er unternahm einen zweiten Anlauf und landete unbeschadet auf einem freien Stuhl am Tisch seiner Gönner.

»Moin«, begrüßten ihn die beiden im Chor, und Beckmann kiekste ein heiseres »Moin« zurück.

»Zu Besuch?«, zeigten sich die Einheimischen überraschend gesprächig.

»Dienst...«, Beckmann räusperte sich, »... dienstlich.«

»Ah«, machte Thees.

»Wasn fürn Dienst?« fragte Malte, der von Ebbo längst wusste, dass Beckmann wegen des verschollenen Pensionsgastes hier war.

»Ermittlung«, fasste sich Beckmann friesisch kurz.

Ebbo brachte drei Kurze.

Die Einheimischen erhoben ihre Gläser, Beckmann tat es ihnen gleich, und der Friesengeist brannte in seiner Kehle.

»Is jemand verschwunden.« Beckmann besann sich auf sein Dienstgeheimnis. »Kann ich aber nichts zu sagen. Geheim. Nur so viel, der Mann ist auf einer Insel.« Dabei deutete er vage in die Richtung, in die tagsüber Ebbo gewiesen hatte.

Malte und Thees sahen sich ernst an, bevor sie sich wieder dem Kommissar zuwandten.

»Ach, woher wissen Sie das denn?«, hakte Thees nach.

»'s geheim«, beharrte Beckmann. »Notissbuch. Hab'n Notissbuch gefunden.«

Seine Gegenüber sahen sich wieder an, was Beckmann nicht bemerkte, da er sich auf die Formulierung seiner geplanten Frage konzentrierte.

»Und, was ... was wissen Sie so?«

Es folgte ein längerer Moment des Schweigens.

»Och, was weiß man schon«, sagte Malte.

»Lauter unnützen Kram«, ergänzte Thees.

»Da sachst du was«, bestätigte Malte.

Beckmann blickte zwischen ihnen hin und her.

»Ich meine, kannten Sie den –«

»Zum Wohle, die Herren«, polterte Ebbo dazwischen, stellte drei Gläser auf den Tisch und hatte diesmal auch eins für sich selbst dabei.

»Nich lang schnacken, Kopp in'n Nacken«, war Thees' Antwort. Er kippte den Schnaps synchron mit Malte und Ebbo herunter. Beckmann folgte mit leichter Verzögerung, weil er sich zunächst nicht zwischen den Gläsern entscheiden konnte, die er vor sich sah.

»Ich meine, hamsie –«, setzte Beckmann noch einmal an.

»Hat's denn geschmeckt?«, dröhnte Ebbo.

»Ja, schon, gut danke. Was warn das eigentlich?«

»Friesengeist.«

»Nee, das Essen.«

»Rull in Suur«, erklärte Malte.

»Ja, schon klar, aber ich mein, was für Fleisch?« Der Alkohol machte Beckmann leichtsinnig, eigentlich hatte er es ja lieber nicht wissen wollen, und nun fürchtete er sich sofort vor der Antwort.

»Is 'ne Spezialität«, sagte Thees mit erhobenem Zeigefinger.

»Rind«, beruhigte ihn Ebbo und ergänzte grinsend: »Pansen, mit Hack gefüllt. Das Hack wird in den Pansen eingenäht.«

Beckmann schluckte. »Is … is jetzt'n Scherz, oder?«

Die drei anderen Männer schüttelten langsam den Kopf und musterten Beckmann neugierig.

»Ich glaub, ich geb jetzt mal 'ne Runde aus«, wandte er sich an Ebbo.

»Das is doch mal'n Wort«, freute sich der Wirt und schlug Beckmann kräftig auf die Schulter.

Beckmann lag auf dem Bett. Er war noch vollständig angezogen, mit größter Mühe war es ihm gelungen, einen Schuh abzustreifen, dabei war er aufs Bett gefallen und einfach liegen geblieben. Er hatte die Häkeltagesdecke um sich geschlungen und in einen unruhigen Schlaf gefunden.

Obwohl die Decke nicht richtig wärmte, schwitzte Beckmann. Er träumte halb wach. Er sah einen riesigen Pansen – oder etwas, das er für einen Pansen hielt. Drei Männer versuchten, ihn hineinzustopfen und den Pansen zuzunähen, nur sein Kopf schaute heraus, und eine gigantische Hand kam mit einer Kelle, die ihm dampfend heiße Soße über den Kopf kippen wollte.

Beckmann wälzte sich, im Bett wie im Pansen, und bevor die Hand die Soße über ihm ausgießen konnte, verwandelte der Pansen sich in eine riesige Häkeldecke, in die er so eng eingewickelt war, dass er sich nicht mehr rühren konnte.

Beckmann begann zu strampeln, er wachte auf, fühlte die Häkeldecke um sich herum und strampelte heftiger, seine Finger gerieten in die Häkelmaschen, er konnte sie nicht abstreifen und verhedderte sich weiter. Er stieß einen Laut aus, der zwischen einem unterdrückten Schrei und Stöhnen lag, bis er es schließlich schaffte, sich aus der Handarbeit herauszuwühlen.

Schwitzend richtete er sich auf, überlegte, woher ihm dieser Traum bekannt vorkam, zerrte die Häkeldecke unter sich weg, wälzte die Daunendecke halb über sich und dämmerte in einen unruhigen Schlaf.

18

Marte schaute auf die Küchenuhr. Es war fünf Minuten nach acht. Sie hatte es geahnt. Der Tisch war fürs Frühstück gedeckt, sie erfühlte die Temperatur des Frühstückseis und korrigierte die Position von Wurst- und Käseteller. Sechs Minuten nach acht, sie verließ entschlossen die Küche. Mit großen Schritten erreichte sie die Tür mit der aufgeklebten Nummer »2« und pochte unsanft dagegen.

»Herr Beckmann«, rief sie.

Nichts rührte sich. Marte mochte es nicht glauben. Sie hämmerte noch einmal gegen die Tür.

»Herr Beckmann! Frühstück!«, befahl sie.

Im Zimmer kam das Daunenbett leicht in Bewegung. Beckmann blinzelte verkniffen unter der Decke heraus, er hatte etwas gehört.

»Frühstück!«, dumpfte es noch einmal drohend durch die Tür.

»Jaha«, wimmerte Beckmann, und, so kräftig er konnte: »Komme.«

Er zog die Decke wieder über sich.

»Sofort.«

Auf dem Flur machte Marte kehrt. Immerhin war er da, das war ja schon mal ein Fortschritt. Sollte er doch ein kaltes Ei kriegen, ihr war das jetzt auch egal.

Zwanzig Minuten später schleppte Beckmann sich in einem violetten Hemd mit wildem Paisleymuster in die Küche. Er war in keiner guten Verfassung. Nachdem Marte den Anblick des Hemdes verdaut hatte, wurde sie von Fürsorge erfasst und schenkte ihrem lädierten Gast einen Kaffee ein.

»Guten Morgen. Danke«, heiserte Beckmann.

Er ließ sich auf die Sitzbank fallen. Nach einem Moment der Besinnung griff er zu einem Brötchen, schnitt es auf, bestrich es dick mit Butter, packte mehrere Scheiben Zungenwurst, Salami, Mortadella, Emmentaler und Gouda zusammen auf eine Hälfte und verschlang sie mit vier Bissen.

Marte schaute seiner Nahrungsaufnahme erstaunt zu.

Beckmann spülte mit Kaffee hinterher, Marte schenkte nach, damit das seltsame Schauspiel weitergehen konnte. Doch Beckmanns Fressattacke ebbte ab. Erschöpft lehnte er sich zurück. Wäre er doch nur zum Vortrag über Beringung gegangen.

Da klopfte es an der Küchentür.

»Moin«, grüßte ein Mann mit Vollbart, Schirmmütze und Windjacke die Wirtin, dann steuerte er auf Beckmann zu. »Moin, Sie müssen der Kommissar sein. Wolters.«

Beckmann erhob sich, schwankte dabei leicht, wischte mit dem rechten Handrücken über den Mund und streckte dann die Hand zur Begrüßung aus.

»Ja, Beckmann. Hauptkommissar …«

»Bin'n bisschen früher dran, aber das macht ja wohl nix, Sie haben ja wohl nicht so viel anderes zu tun hier, was?« Der Bärtige lachte.

Beckmann schüttelte vorsichtig den Kopf.

»Hatten Sie denn 'nen netten Abend? Och, bestimmt, denk ich mal, bei Marte und Ebbo is ja immer gemütlich.« Eitel Wolters zwinkerte Marte zu. »Sollen wir denn?«

»Ja gerne, gleich, ich brauch nur noch einen Moment. Dann können wir.«

Beckmann schwankte in Richtung seines Zimmers, während Eitel Wolters die Augenbrauen hochzog und Marte einen fragenden Blick zuwarf. Einen Polizeihauptkommissar hatte er sich anders vorgestellt.

19

Die Autofahrt führte auf Landseite am Deichfuß entlang, die Kurven beschäftigten Beckmanns Innereien. Er schaute stur geradeaus, das hatte er sich als Mittel gegen Seekrankheit eingeprägt: immer den Horizont im Auge behalten. Plötzlich tauchte vor ihm ein riesiger gelb-rot gestreifter Leuchtturm auf. Beckmann kniff kurz die Augen zu, aber der Leuchtturm blieb, und auch dessen gelb-rote Streifen.

»Nett, nicht?«, fragte Eitel Wolters, der Beckmanns Blick bemerkt hatte.

»Der Pilsumer Leuchtturm«, erläuterte Eitel.

Beckmann überlegte, ob den Leuten die weiße Farbe ausgegangen war, ob sie nach ihren offensichtlich landestypischen Trinkgelagen den Turm aus Jux und Dollerei so angestrichen hatten – oder ob sie die Farben einfach nicht mehr hatten auseinanderhalten können.

Eitel Wolters nahm schnittig die letzten Kurven, dann hatten sie das Leyhörner Sieltief erreicht und stiegen aus. Beckmann atmete tief die Seeluft ein, Eitel Wolters wies ihm den Weg und ließ ihm den Vortritt zum Bootsanleger.

Beckmann fühlte schon beim Anblick des Bootes leichte Übelkeit aufsteigen. Selbst im stocknüchternen Zustand löste allein der Gedanke an eine Seefahrt eine mittelschwere Seekrankheit bei ihm aus. Der Friesengeist in seiner Blutbahn war nicht dazu angetan, ihn in dieser Hinsicht zu stabilisieren. Er war schon froh, dass er die Autofahrt halbwegs unbeschadet überstanden hatte.

Sein Blick zu Eitel Wolters hatte etwas Flehentliches, doch der Leiter des Naturschutzverbandes verfügte offenbar nicht über das entsprechende Sensorium, um Seekrankheit von Binnenländern beim Anblick von Ruderbooten zu registrieren. Mit freundlicher Geste lud er Beckmann ein, einzusteigen, und der Kommissar enterte, sich in sein Schicksal fügend, mit vorsichtigem Schritt das kleine Holzboot. Es begann sofort heftig zu schwanken. Beckmann haderte mit dem Gleichgewicht, ruderte mit den Armen, strauchelte und stürzte auf die Planke, die als Sitzbank diente. Er schlug dabei mit dem Kinn auf dem Bootsrand auf und ertastete mit der Hand, ob sein Kiefer so zerschlagen war, wie er sich anfühlte.

»Alles in Ordnung?«, fragte Eitel Wolters verwundert angesichts des Stunts seiner Begleitung.

»Bestens«, presste Beckmann mit einem zahnreichen Lächeln hervor.

Wie alle Krisen ließ auch diese die ganz großen Sinn- und Lebensfragen vor Beckmann aufziehen. Hätte er nur zuletzt das Auftauchen der Leiche im Dorf Merschmoor mit seinen verstockten Einwohnern aufklären können, dann wäre ihm das hier vermutlich erspart geblieben. Aber sein Hauptverdächtiger damals war wie vom Erdboden verschluckt gewesen, und Beckmanns Vorgesetzte hegten leichte Zweifel an seiner These, dass ausgerechnet ein spurlos Verschwundener verantwortlich gewesen sein sollte für die seltsamen Vorkommnisse in dem Dorf, einschließlich des Auftauchens einer Leiche. Beckmann hatte sich mit seiner auf die leitenden Beamten arg schlicht wirkenden These nicht gerade für höhere Aufgaben empfohlen, und seine einst als Strafversetzung begonnene Verbannung aus Göttingen in die ostfriesische Diaspora schien sich zu einem »lebenslänglich« auszuwachsen. Und ausgerechnet jetzt war es wieder ein Verschwundener, der ihm das Leben schwer machte. Dieses Mal musste er ihn finden, um jeden Preis.

Behände sprang jetzt Eitel Wolters in das Boot und brachte es erneut zum Schwanken, sodass Beckmann sich am Bootsrand festkrallte, nicht ohne Wolters ein um Souveränität bemühtes Lächeln zu schenken.

Beckmann hatte nie schwimmen gelernt. Sein Schwimmlehrer war Alkoholiker gewesen, er hatte während Beckmanns Freischwimmerprüfung in seiner Aufsichtsbude drei Fläschchen Asbach Uralt geleert, also ziemlich exakt im Fünfminutentakt, und als nach einer Viertelstunde der Wecker klingelte, hatte er seinem Prüfling, der sich fünfzehn Minuten lang bibbernd unbemerkt am Beckenrand festgekrallt hatte, anerkennend auf die kalte Schulter geklopft. Zwei Kinder waren andernorts schon durch die mangelhafte Aufsicht des Bademeisters ertrunken, aber danach war er beim Umzug in Beckmanns Heimatstadt nicht gefragt worden.

Eitel Wolters machte das Boot los, stieß es mit dem Ruderblatt vom Steg ab und legte sich in die Riemen. Dass der Mann, der verantwortlich für Kurs und sicheres Ankommen war, mit dem Rücken zur Fahrtrichtung agierte, beförderte Beckmanns Zutrauen nicht. Es ging gefühlt hinaus auf die offene See, dorthin, wo Ozeandampfer und Containerschiffe verkehrten, mit einer Art von Boot, die Beckmann schon vor Jahren in einem Vergnügungspark als hochriskant erschienen war, was ihm seinerzeit ein romantisches Erlebnis mit einem Jugendschwarm unmöglich gemacht hatte.

Es schwankte und wackelte, und Beckmann erinnerte sich sehr genau aller Bestandteile seines Frühstücks, das sich noch mal spürbar in Erinnerung rief, dem er aber entschieden einen erneuten Auftritt zu verwehren suchte.

Es erschien Beckmann als die längste Reise seines Lebens. Sein Blutdruck sank so weit in den Keller, dass jedes medizinische Erstsemester ihn vermutlich für tot erklärt hätte. Kalter Angstschweiß trat auf seine Stirn und feuchtete seinen Nacken. Beckmann zog den Kopf zwischen die Schultern und zupfte seinen Kragen hoch, damit der nicht unbeträchtlich blasende Wind ihm nicht noch eine Angina als Dreingabe bescheren würde. Seinen Schal hatte er in der Pension vergessen.

Aus irgendeinem irrsinnigen Grund fielen Beckmann die Liedzeilen »Eine Seefahrt, die ist lustig, eine Seefahrt, die ist schön« nebst zugehöriger Melodie ein, und kurz war er tatsächlich abgelenkt, weil er sich fragte, welches Hirnareal wohl für derartig diabolische Assoziationen zuständig war.

Beckmann blickte auf die Wellen, durch die sich das Boot kämpfte. Das Wasser war graugrün und trüb. Eine vollkommen andere Welt als das Meer im Urlaub auf Mallorca vor Jahren, aber selbst im kristallklaren Wasser war Beckmann vor lauter Misstrauen gegenüber dem Element nicht ein einziges Mal baden gegangen. Nun bewegte er sich über diese graue unwirtliche See, in der sich weiß Gott was verbergen konnte.

Da! Da schien etwas aufgetaucht zu sein! Beckmann bemühte sich, Jacobsons Notfalltipps aus dem Gedächtnis hervorzukramen. Aber da war er schon wieder, der dunkle Fleck!

Nur die Ruhe, was sollte es schon sein, sagte er sich und begann, die Kinnmuskulatur anzuspannen.

»Aaaah!«, entfuhr es Beckmann unwillkürlich, als tatsächlich neben dem Boot etwas aus dem Wasser auftauchte. Ihm kam ein Kinderbuch in Erinnerung, in dem ein riesiger Krake ganze Schiffe mit Mann und Maus unter Wasser gezogen hatte.

Und wieder! Jetzt war er sicher, es war keine Einbildung, da war etwas! Es tauchte wieder auf, und es war – ein Kopf! Ein riesiger Kopf sogar! Ein Seeungeheuer! Der Kopf sah aus wie der eines Dinosauriers – es sah aus wie das Ungeheuer von Loch Ness!

Beckmann wurde steif und starrte in die See. Er dachte an die Geschichte von Jonas und sah sich in der finsteren Höhle eines Ungeheuerbauches, aus der das Wesen eines Tages seine Gebeine mit einem Rülpser wieder ausspeien würde. Wenn seine unverdaulichen Überreste dann später an fernen Gestaden an Land gespült werden würden, würden die Leute sich ehrfürchtig die Geschichte vom Seeungeheuer zuflüstern.

Da erschien es länger. Beckmanns Puls verlangsamte sich, jetzt erkannte er es: Es war ein Seehund. Doch sofort versteifte der Ermittler sich wieder: Hunde beißen! Und der würde schon nicht ohne Grund »Seehund« heißen. Etwas weniger Kombinationsgabe wäre Beckmann in diesem Moment sehr recht gewesen.

»Kegelrobbe«, riss Eitel Wolters den Kommissar aus seinen Überlegungen.

Beckmann verstand nicht sofort.

»Die will nur spielen.« Eitel Wolters griente ihn an.

Beckmann lächelte gequält zurück.

»So, geschafft«, rief Eitel Wolters nach einer gefühlten Ewigkeit, als das Boot heftig gegen den hölzernen Anleger rumpelte.

Beckmann brauchte einen Moment, um aus der inneren Emigration wieder aufzutauchen und zu realisieren, dass das Leben tatsächlich weiterging und da vorne fester Boden lockte. Gleich fuhr ihm der Gedanke an die Rückfahrt in seine Erleichterung, doch er versuchte, ihn zu verdrängen. Positiv denken, lebe den Moment, nur das Hier und Jetzt zählt, wiederholte Beckmann das Mantra seiner mit mäßigem Enthusiasmus studierten Lektüre, die ihm Gelassenheit und Zufriedenheit bescheren sollte. Seinen Yogakurs hatte er abgebrochen, nachdem er sich bei einer Übung einen Kreuzbandriss zugezogen hatte. Er arbeitete jetzt lieber mental. Selbst die Progressive Muskelentspannung war nicht das Richtige, sein Kiefer tat ihm weh.

»Alles okay?«, fragte Eitel Wolters.

»Ja, danke, bestens.«

Beckmann erhob sich schnell, zu schnell, und wurde in seinem Elan durch Kreislaufschwäche im Verbund mit dem schwankenden Boot gebremst.

»Man immer langsam«, kommentierte Wolters.

Beckmann setzte seine Schritte vorsichtig und lupfte sich mit einem Griff zum Pflock auf den Steg. Er konnte nicht verhindern, dass man ihm seine Erleichterung ansah. Das war ihm in dem Moment aber total egal.

20

Beckmann folgte Eitel Wolters über einen Sandweg durch Binsen hindurch. Das einzige Haus der Insel war schnell in Sichtweite. Es stand auf Stelzen, vermutlich, damit es nicht von der stürmischen See, die nur durch einen gnädigen Zufall nicht ihr Boot verschlungen hatte, fortgerissen werden würde. Das Haus war reetgedeckt und aus Holz, und hätte Beckmann eine Ader für Romantik gehabt, hätte er dessen Anblick vermutlich in dieser Kategorie angesiedelt. Das idyllische Bild wurde nur gestört durch ein Toilettenhäuschen neben dem Weg. Als Eitel Wolters Beckmanns irritierten Blick bemerkte, fühlte er sich zu einer Erklärung bemüßigt.

»Tja, Kanalisation is hier nich. Fließend Wasser übrigens auch nich.« Wolters deutete auf eine Dusche, die Beckmann aus den verhassten Freibädern von früher kannte: ein schlichtes aufsteigendes Rohr, oben um hundertachtzig Grad gebogen, daran befestigt ein Brausekopf.

»Geht nur mit Salzwasser«, erläuterte Eitel Wolters.

Beckmann überlegte, wie man sich ein Leben hier freiwillig antun konnte – oder ob das Ganze vielleicht so etwas wie eine Strafkolonie war oder ein Resozialisierungsprojekt für besonders schwere Fälle. Schmerzlich kam ihm wieder der Gedanke von der eigenen Verbannung auf die Insel in den Sinn.

Aus der Nähe sah das Haus recht verwittert aus. Eine steile Holztreppe führte nach oben.

Eitel Wolters nahm die knarzenden Stufen, klopfte an die Tür, rief »Brunke?!« und bekam keine Antwort.

Brunke hatte die unangemeldeten Gäste aus der Ferne kommen sehen. Er war kurz beunruhigt gewesen, Eitel Wolters hatte er erst auf den zweiten Blick erkannt. Aber warum kreuzte der jetzt mit einem Fremden hier auf? Dass der Besuch etwas mit dem Auftauchen der anderen Gestalten vor zwei Tagen zu tun hatte, wollte Brunke nicht hoffen, aber befürchten musste er es. Er verließ sein Tarnzelt und machte sich auf den Weg zum Haus.

Eitel Wolters sah Brunke kommen, beide winkten sich aus der Ferne zu. Als Brunke die Besucher erreicht hatte, begrüßten sie sich freundlich.

»Moin, Eitel!« Brunke ergriff Eitels Hand und legte seine Linke auf dessen Schulter.

»Moin, Brunke. Alles klar?«

»Joa, muscha«, war Brunkes betont gut gelaunte Antwort. »Was verschafft mir die Ehre?«

»Brunke, das ist Herr Beckmann …« Wolters wies mit der Hand auf Beckmann.

»Beckmann. Hauptkommissar Beckmann. Kripo Aurich/ Wittmund. Schönen guten Tag, Herr Brunke …«

»Behrens«, erklärte Brunke. »Brunke Behrens.«

Beckmann schaute verwirrt und stockte, diese Namen im Norden überforderten ihn einfach. Eitel Wolters übernahm wie ein Vater für sein schüchternes Kind.

»Herr Beckmann glaubt, dass hier jemand auf der Insel ist.« Wolters begleitete seine Ausführung mit einem Blick, der Brunke zu verstehen gab, dass Eitel den Kommissar mindestens für einen schwierigen Charakter hielt.

Beckmanns Kinnmuskulatur begann zu arbeiten.

»Jo, is ja auch so«, antwortete Brunke.

Beckmann schaute verdutzt, und auch Eitel Wolters staunte.

Nach einer kleinen Kunstpause führte Brunke aus: »Klar ist hier jemand. Ich.«

Eitel Wolters grinste, Brunke und er amüsierten sich, Beckmann schaute säuerlich.

»Es ist so, dass wir klare Hinweise haben, dass sich eine vermisste Person hier auf der Insel befindet«, führte Beckmann mit großem Ernst aus, was mehr oder minder reine Spekulation war.

»Ach«, machte Brunke verblüfft. »Das wüsste ich aber. Da ist niemand. Also, außer mir.«

Er zwinkerte Eitel zu, der breit griente.

»Und was sind das für Hinweise?«, fragte Brunke.

»Notizen«, sagte Beckmann geheimnisvoll.

»Notizen«, wiederholte Brunke nüchtern.

Beckmann zerrte an seinem Kragen, der Wind blies streng und ihm war insgesamt unwohl.

»Ja, Notizen. Der Vermisste hat den Namen der Insel notiert in seinem Notizbuch, früh am Morgen des vorgestrigen Tages.« Beckmann war kurz selbst verwirrt von seiner fast lyrischen Formulierung.

»Ach, und deshalb glauben Sie, dass der hier ist?«

Beckmann nestelte an seinem Kragen. Er zog den Kopf zwischen die Schultern und versuchte sich so zu stellen, dass der Wind nicht gefühlt von allen Seiten gleichzeitig blies.

»Ja, das glaube ich«, erwiderte er. »Und können wir vielleicht reingehen? Hier zieht's.«

»Ziehen kann's ja nur durch zwei Öffnungen, zwischen denen man steht. Aber wenn Ihnen das hier zu windig ist, können wir wohl reingehen, was, Brunke?«, sagte Eitel Wolters.

»Jo, logisch.« Brunke zeigte in Richtung der hölzernen Treppe und ließ den Gästen den Vortritt.

»Mögen Sie vielleicht'n Grog?«, fragte Eitel auf dem Weg.

»Danke, sehr freundlich«, wehrte Beckmann ab.

Beckmann betrat als Erster den spartanisch eingerichteten Wohnraum, und statt sich dankbar aufzuwärmen, begann er sofort ungefragt herumzustöbern wie ein Hund, der Witterung aufgenommen hatte. Daran hatte Brunke natürlich nicht gedacht, er war auf den Überraschungsbesuch ja nicht vorbereitet gewesen.

Schnell entdeckte Beckmann das Gewehr, das an das alte Küchenbuffet angelehnt stand.

»Ach, jagen Sie hier?« Der Kommissar sah Brunke von unten herauf an, als würde er über den Rand einer Brille schauen.

Auch Eitel Wolters blickte Brunke irritiert an. Brunke drehte sich Richtung Küchenzeile, um Zeit zu gewinnen, bis eine rettende Ausrede Satzform annahm.

»Tee?«, fragte er über seine Schulter. Er konnte jetzt ja schlecht die ganze Geschichte auftischen: Dass hier tatsächlich jemand gewesen war, sogar zwei Leute, einer davon dann schnell ein Toter, den er selbst mit größter Mühe vergraben hatte. Und dann noch das Gewehr, das danach plötzlich aufgetaucht war? Das hätte nach einer ziemlich seltsamen Geschichte und einer gewissen Verstrickung geklungen, und der Kommissar sah für Brunke so aus, als wäre er gern mit einfachen Lösungen zufrieden.

»Katzen«, sagte Brunke.

Der Kommissar schaute irritiert. »Was, Katzen?«

»Sie haben doch gefragt, ob ich hier jage«, erinnerte Brunke ihn.

»Katzen? Sie jagen hier … Ich meine, das ist eine Vogelschutzinsel, und hier gibt es Katzen …?« Beckmann wusste nicht, ob er schon wieder verschaukelt wurde.

Er schaute Eitel Wolters auf der Suche nach Aufklärung an. Der machte mit dem Kopf eine Geste zwischen Verneinung und Bestätigung, weil er nicht genau wusste, auf welchen Teil von Beckmanns Frage er reagieren sollte.

»Katzen können schwimmen«, erklärte Brunke, immer noch abgewandt und mit der Teezubereitung beschäftigt.

Beckmann holte Luft, ersparte sich aber eine Erwiderung, als er Eitel bestätigend nicken sah.

»Gut, dann jagen Sie also Katzen. Haben Sie denn schon welche gefangen? Ich meine, erlegt?« Beckmann war gespannt, wie der sture Vogelwart seine beißende Ironie parieren würde.

»Nö«, war dessen schlichte Antwort.

Beckmann wartete, ob noch etwas kam.

»Ist reine … wie heißt das bei Ihnen? Prävention?«, führte Brunke aus und erklärte im Tonfall eines geduldigen Pädagogen: »Sie haben ja auch 'ne Waffe und schießen nicht dauernd auf jemanden. Oder etwa doch?«

Brunke war mit dem Teeaufgießen fertig und knallte zwei Becher mit heißem Wasser und darin dümpelnden Teebeuteln auf den Tisch.

»Ich nehme an, Sie haben einen Waffenschein.« Beckmann setzte sich.

»Sahne in den Tee?«, schaltete Eitel Wolters sich ein.

»Also, jetzt mal die Katzen beiseite. Wieso soll hier jemand sein?« Brunke wollte den Ermittler nicht weiter reizen, das könnte sonst noch nach hinten losgehen, der Mann war ja wirklich lästig. Also fügte er hinzu: »Das hätte ich doch gesehen.«

Er setzte sich Beckmann gegenüber.

»Ich bin hier mutterseelenallein«, fuhr Brunke mit gesenkter Stimme fort, als vertraute er Beckmann ein großes Geheimnis an. »Aber ich habe IHN gesehen«, raunte er geheimnisvoll.

»Also doch! Also wie jetzt? Ich meine … war also doch jemand da? Jetzt sagen Sie schon!« Beckmann zuppelte ungeduldig an der Schnur des Teebeutels in seinem Becher herum.

Brunke machte eine lange Pause. Er schaute zwischen Eitel Wolters und Beckmann hin und her und sagte dann in noch leiserem Flüsterton als zuvor: »Den Wachtelkönig!«

Brunke lehnte sich zurück und ließ seine Worte wirken.

»Was? Wie bitte? Wen?« Beckmann glaubte, sich verhört zu haben. Wer oder was sollte das sein? Dann registrierte er Eitel Wolters' Fassungslosigkeit.

»Nein!« Wolters war völlig perplex.

Brunke genoss die Wirkung seiner Worte. Er nickte langsam und anhaltend.

»Das ist nicht wahr!« Eitel Wolters wollte es nicht glauben, doch Brunke nickte weiter.

Beckmann fragte zur Sicherheit nach: »Sie haben gesagt: ›Wachtelkönig‹?«

Brunke nickte, und auch Eitel Wolters fiel in das Nicken ein.

Beckmann rätselte, ob das ein Codewort für irgendetwas oder jemanden war. Dieser Wolters schien den »Wachtelkönig« jedenfalls auch zu kennen – und so ehrfürchtig, wie er reagierte, schien das eine furchteinflößende Persönlichkeit zu sein. Es klang wie der Name einer Kiezgröße. So wie Negerkalle, Ritzen-Kaiser oder Karate-Dieter. Vielleicht war es der Spitzname des Verschwundenen! Beckmann sah vor seinem inneren Auge in großen Lettern die Schlagzeile: »Wachtelkönig gefasst!«, daneben ein Foto, auf dem ihm selbst ein Ehrenabzeichen angeheftet wurde.

Als Beckmann aus seiner Phantasie wieder auftauchte, zeigte Brunke Eitel Wolters auf dem Display seiner Kamera ein Foto.

»Unglaublich!« Wolters war begeistert.

Beckmann war sich sicher, dass die mit diesem Wachtelkönig irgendwas am Laufen hatten.

»Ist er da drauf? Darf ich mal?« Beckmann zerrte an der Kamera, und widerwillig ließ Brunke los. Beckmann hielt die Kamera mit fast durchgestrecktem Arm von sich, seine Sehschärfe ließ schon nach, und der Friesengeist tat sein Übriges. Beckmann peilte auf das Display und erkannte – einen Vogel. Einen kleinen, unscheinbaren Vogel.

»Äh, ich hab wohl irgendwo draufgedrückt, wo ist jetzt dieser Wachtelkönig?«, wandte sich Beckmann an Brunke.

Der beugte sich über den Tisch, nickte und deutete stumm mit dem Zeigefinger auf die Kamera.

Beckmann betrachtete das Foto von dem Tier und verstand nicht. Er fand auf dem Bild nichts und niemanden außer einem kleinen grauen, hühnerartigen Vogel, der aussah wie die Kreuzung zwischen einem Huhn und einer … einer Wachtel. Beckmann wurde schlecht. Wachtel, Wachtelkönig … Ihm dämmerte, dass es nichts werden würde mit Schlagzeile und Ehrenabzeichen. Jedenfalls nicht so schnell und nicht auf diesem Weg. Es fühlte sich nicht nur an wie eine Niederlage.

»Ja, schön … Ist bestimmt selten, oder?« Beckmann lächelte die beiden Männer gequält an. »Toll! Wirklich …«

Eitel und Brunke warfen sich einen vielsagenden Blick zu.

»Und sonst so, ich meine außer dem Wachtelkönig, haben Sie da vielleicht doch noch jemanden gesehen oder vielleicht sogar fotografiert, also ich meine einen Zweibeiner, also ich meine natürlich einen ohne Federn, haha, also Vögel haben ja auch zwei Beine, nicht wahr, also jedenfalls die meisten …« Beckmann wurde heiß.

»Nur welche mit Federn«, tat Brunke ihm den Gefallen, seinen Scherz aufzunehmen.

Beckmann sackte zusammen und kühlte leicht ab.

»Sehen Sie, hab ich Ihnen doch gleich gesagt«, fiel Eitel Wolters laut ein und erklärte die Diskussion damit für beendet. »Aber Brunke, das ist ja ganz phantastisch, Jahre war der nicht mehr hier!«

Beckmann begann, seine Kinnmuskulatur in Dienst zu nehmen, und schaute sich um. Während Brunke Sahne holte, fiel Beckmanns Blick auf etwas auf dem Tisch, das ihm bekannt vorkam. Es war ein Streichholzbriefchen. Er nahm es in die Hand und betrachtete das grüne stilisierte reetgedeckte Haus, das darauf gedruckt war.

»Waren Sie mal in der Pension ›Bremermann‹?«, fragte Beckmann beiläufig Brunke, der gerade an den Tisch zurückkehrte.

»Nö, wieso?«, antwortete Brunke, und das »o« vom »wieso« geriet ihm ziemlich lang, weil er im selben Moment das Streichholzbriefchen in Beckmanns Händen sah.

»Ach so, da«, Brunke nickte Richtung Briefchen, »ja, wieso fragen Sie?«

»›Bremermann‹ sagt kein Mensch hier, das is ja Jahrzehnte her, dass das mal wirklich so hieß«, griff Eitel Wolters in die Befragung ein. »Der olle Bremermann is ja schon lange unter der Erde. Da haben selbst die Würmer schon keinen Spaß mehr dran.«

»Ja, nett da, ne? Waren Sie da auch schon?« Brunke fand seine Sicherheit wieder.

»Er wollte uns wohl mal 'nen Friesengeist spendieren, der Herr Kommissar, was?« Eitel Wolters zwinkerte Beckmann zu.

»Ja, haha, genau ...« Beckmann war wieder aus dem Konzept, sammelte sich aber noch mal. »Also, Sie bleiben dabei, hier war niemand auf der Insel?«

Als er sah, dass Brunke seine Lippen verschmitzt kräuselte, ergänzte er schnell: »Also außer Ihnen? Und dem Wachtelkönig? Und den anderen Flattermännern?«

Eitel Wolters und Brunke fixierten den Ermittler mit finsteren Blicken.

»Jo, so sieht das aus«, sagte Brunke.

»Ich würd mich gern noch mal umsehen.«

»Bitte sehr.« Brunke wies mit einer einladenden Geste in den

Raum. Alles, was ihn in Schwierigkeiten bringen konnte, hatte der Kommissar ohnehin schon entdeckt.

»Ich meine draußen, auf der Insel«, erklärte Beckmann und erntete ein Kopfschütteln der beiden anderen.

»Tut mir leid …«

»Geht nicht …«

»Schutzgebiet«, ergänzten sich beide wie in einem geprobten Dialog.

Beckmann sah in seinen Teebecher, in dem sich mittlerweile eine kleine Ölpest ausgebreitet hatte: Die Flüssigkeit war schwarzbraun und mit einer schillernden Schliere überzogen. Der Teebeutel trieb unterhalb des Ölteppichs. Doch Beckmann war nach etwas Warmem zumute, er führte die dunkel schwappende ölige See zum Mund und fragte sich, warum sein Teebecher eigentlich kein Schutzgebiet war, in dem so etwas nicht passieren durfte.

Er trank, und kaum hatte die Flüssigkeit seinen Mageneingang passiert, spürte er Übelkeit aufsteigen. Er überlegte, ob er versuchen sollte, den Inselrundgang durchzusetzen. Aber er ahnte, dass es sinnlos war, und außerdem fühlte er sich akut geschwächt: Der starke Tee hatte Zungenwurst und Mortadella wieder aufgeweckt, und Beckmann wollte am liebsten einfach in sein Bett, zur Not auch in das mit Häkeldecke. Er nickte Eitel Wolters zu, der sich daraufhin erhob.

Auf dem Weg zum Boot versuchte Wolters, den sichtlich leidenden Kommissar aufzumuntern.

»Sehn Sie, is doch alles in Ordnung. Tut mir natürlich leid, dass wir Ihnen nicht helfen konnten. Ihren Vermissten finden Sie schon noch.« Freundschaftlich schlug er Beckmann auf die Schulter.

Als sie den Bootsanleger erreichten, ließ Wolters Beckmann mit einladender Geste den Vortritt. Beckmann fügte sich in sein Schicksal.

21

Brunke saß am Tisch, spielte gedankenverloren mit dem Streichholzbriefchen und konnte sich über den Triumph des Wachtelkönigs nicht so recht freuen. Dieser blöde Kommissar kapierte gar nichts, aber er hatte die Waffe entdeckt und die Streichhölzer, und weil er so gar nichts kapierte, würde er vermutlich die falschen Schlüsse ziehen und Brunke verdächtigen.

Jetzt musste er doch nachdenken und womöglich handeln.

Kannte der Täter ihn vielleicht, so wie er selbst das Opfer kannte? Wusste der Mörder, dass Brunke hierhergekommen war, um seine Ruhe zu haben, und alles dafür tun würde, sie zu behalten? Hatte der Täter den Mord bewusst auf der Insel verübt und darauf spekuliert, dass Brunke ihm den Gefallen tun würde, die Leiche zu entsorgen? Oder wollte man ihm die Tat unterschieben? Da draußen geisterte jedenfalls ein Mörder herum, der Brunke vielleicht gut kannte. Das gefiel ihm nicht, und dass der Kommissar ihn ziemlich sicher für den Täter halten würde, erst recht nicht.

Der tote Gary hatte für diesen halbseidenen Investor gearbeitet, das wusste Brunke seit dem Treffen in Berlin, und vermutlich war er deshalb in der Gegend hier gewesen. Aber bei wem hatte er sich derartig unbeliebt gemacht, dass er getötet worden war? Waren da zu allem entschlossene Umweltschützer am Werk? Oder war es eine persönliche Abrechnung?

Brunke holte sich ein »Landbier dunkel« aus dem Kühlschrank. Mürrisch stellte er fest, dass es schon die drittletzte Flasche war. Er hatte zwar vorher gewusst, dass es mühsam sein würde, etwas auf die Insel zu bringen. Auf sein Lieblingsbier hatte er aber nicht verzichten wollen, auch wenn es natürlich hochgradig idiotisch war, diese schweren, dickwandigen Flaschen mit dem Boot hier rüberzuschippern, zur Hütte zu schleppen und dann das kaum leichtere Leergut denselben Weg zurückzubuckeln. Da wäre Dosenbier die deutlich einfachere Lösung gewesen, aber das schmeckte nach nix. Und außerdem lehnte Brunke es aus Umweltgründen kategorisch ab.

Es setzte sich, ploppte mit beiden Daumen den Bügelverschluss der Flasche auf und nahm einen kräftigen Zug.

Es musste mit Garys Arbeit für die Windkraftganoven zu tun haben. Jemand hatte die zweihundertfünfzig Meter hohen Masten, die sein Arbeitgeber finanzierte, hier partout nicht haben wollen und Gary deshalb umgebracht. Eine andere Erklärung fiel Brunke nicht ein.

Bei dieser Erkenntnis hätte er es ja bewenden lassen können, wäre da nicht dieser nervige Sherlock Holmes herumgegeistert. Brunke würde dem Kommissar wohl wenigstens einen Teil der Arbeit abnehmen müssen, um sich selbst zu entlasten. Dafür würde er die Insel verlassen müssen, obwohl er darauf als Allerletztes Lust hatte. Der Besuch vom Vormittag hatte ihm schon wieder gereicht an Sozialkontakten, und zwar für Wochen im Voraus. Aber es half nichts.

Vielleicht würde er ja mit niemandem sprechen müssen. Er würde auf jeden Fall bis zur Dämmerung warten, bis er losfuhr. Bis das Wasser wieder kam.

22

Marte konnte es nicht fassen. Gerade hatte sie das Zimmer des Kommissars sauber machen wollen.

»Ebbooooo«, gellte sie durch den Flur.

»Hmmmmmmm?«, kam die mäßig neugierige Antwort.

»Der wollte eine Nacht bleiben, hat er doch gesagt, nich?«

»Hmmmmm-mmm.«

»Und er hat auch nur für eine Nacht bezahlt!«

Ebbo nickte hinter den »Ostfriesischen Nachrichten«.

»Aber seine Sachen sind noch da!«

Ebbo nahm kurz die Zeitung herunter, schaute in die Richtung, aus der Martes Meldungen kamen, und ließ die Worte nachhallen.

Mit einem »Hmmmmmmm« begann er seinen Denkprozess.

Seine Frau erschien in der Tür und stemmte die Hände in die Hüften.

»Tja …«, fuhr Ebbo fort.

Beide sahen sich an. Hoffentlich war dieser komische Vogel von der Polizei jetzt nicht auch noch verschwunden. Oder sollte das jetzt einreißen, dass Gäste auftauchten, ihre Sachen daließen und dann auf Nimmerwiedersehen verschwanden? Dass die Leute nicht wiederkamen, war ja nicht so schlimm, auf die meisten konnte man sowieso verzichten, aber Marte blieb immer auf den Kosten einer Übernachtung sitzen – auch wenn sie nicht gerade scharenweise anderen Gästen hatte absagen müssen wegen eines vermeintlich belegten Zimmers.

Marte dachte darüber nach, ob sie die Hinterlassenschaften des Kommissars nicht einfach in die Mülltonne stecken und das Zimmer wieder fertig machen sollte. Aber ausgerechnet bei einem Polizisten wäre das vielleicht nicht so ratsam. Das hätte sie mal lieber gleich beim ersten Gast tun sollen, diesem komischen Harms aus Berlin, dann wäre auch der Kommissar gar nicht aufgekreuzt, und sie hätte nicht diesen ganzen Ärger.

In Martes Gedanken rauschte ein Auto hinein, das vor dem Haus scharf bremste. Marte ging zum Fenster. Vor dem Eingang hielt der Wagen von Eitel Wolters. Kommissar Beckmann schlug die Beifahrertür zu und winkte dem Fahrer schwach zum Abschied.

Eitel brauste davon, und Beckmann stützte sich auf die Gartenbank, die vor der Pension »Bremermann« stand. Ein paar Schritte weiter standen die Gäste vom Vorabend und trugen eine Meinungsverschiedenheit aus.

»Maaann, 'ne Kuh, die man melken kann, die schlachtet man doch nicht«, blökte Malte seinen Kumpel Thees an. Der schaute geknickt.

»Mann, Mann, Mann.« Malte war richtig sauer.

Beckmann ließ sich auf die Bank fallen.

»Gibt's doch wohl echt nicht.« Malte ging auf und ab.

»Ich hab doch gedacht …«, versuchte Thees sich zu verteidigen.

»Das mit dem Denken lässt du mal besser bleiben«, blaffte Malte ihn an.

Beckmann versuchte, sich einen Reim auf den Dialog zu machen. Er war wirklich in der tiefsten Pampa angekommen. Hier stritten sich Menschen um Kühe, unglaublich. Ging es um Milchvieh, das versehentlich geschlachtet worden war? Oder womöglich illegal? Oder hatte der eine die Kuh des anderen getötet?

»Ich glaub das nicht!« Malte konnte sich gar nicht beruhigen.

Beckmanns Innereien auch nicht, deshalb blendete er sich aus dem strittigen Kuhhandel aus, erhob sich und schleppte sich Richtung Eingang.

Im Haus drehte Marte sich um zu Ebbo, hob ihr Kinn und nickte nach draußen. Dann postierte sie sich mit verschränkten Armen hinter der Eingangstür zum Gastraum. Die Wirtsleute hörten die Haustür, dann öffnete sich die innere Tür, und Beckmann erschien. Er verharrte, als er wahrnahm, dass die Wirtsleute ihn streng musterten.

»Ach, tauchen Sie auch noch mal auf?« Ebbo hatte ihn mit Schärfe begrüßen wollen, es kam ihm aber recht freundlich über die Lippen.

»Tscheck-aut is um zehn!«, setzte Marte nach.

»Ja, ach, ich weiß, Entschuldigung, ich meine, ich hab nicht gewusst, dass das so lange dauert und dass das …« Beckmann unterbrach sich selbst, steuerte auf einen Stuhl zu und ließ sich darauf fallen.

»Geht Ihnen das nicht so gut?«, fragte Marte mit einer gewissen Genugtuung in ihrer Stimme.

»Nein, ich meine ja, danke, also … nein, nicht optimal, ja«, fasste Beckmann seinen Zustand zusammen.

Ebbo erhob sich, verschwand hinter der Theke und hantierte herum, während Marte den Kommissar musterte wie eine Verhaltensforscherin ihr Versuchstier. Beckmann saß reglos, und es war nicht auszumachen, ob sich sein Zustand stabilisierte oder verschlechterte.

Ebbo kam hinter der Theke wieder hervor. In der Rechten hielt er ein Schnapsglas, mit dem er auf Beckmann zusteuerte. Beckmann, der den Kopf gesenkt hielt, realisierte die Gabe erst, als der Wirt sie auf den Tisch stellte.

»Oh, nein, danke, aber …«, wimmerte Beckmann und schaute zu Ebbo auf. Der nickte ihm allerdings mit seinem strengen Du-trinkst-jetzt-besser-diesen-Schnaps-Blick zu, sodass Beckmann sich in sein Schicksal fügte. Er griff das Glas, hob es schwach zum Gruß und spülte den Inhalt hinunter. Er schüttelte sich, und Marte und Ebbo beobachteten gespannt, ob sich der Zustand ihres Versuchstieres jetzt in die eine oder andere Richtung verändern würde.

Beckmann saß einen Moment still, sammelte sich und sprach: »Kann ich … kann ich noch eine Nacht bleiben?«

Marte und Ebbo sahen sich an, nickten sich zu, und es war an Ebbo, überschwänglich den Beschluss des Gremiums zu verkünden.

»Jo«, sagte er.

»Sie wissen ja, wo alles ist«, ergänzte Marte.

»Danke«, antwortete Beckmann schwach, erhob sich und steuerte in Richtung seines Zimmers. Er wusste nicht, wann er sich zuletzt so sehr auf ein Bett gefreut hatte. Auf eines mit Häkeldecke jedenfalls noch nie.

23

Die Haustür mit den Butzenscheiben schlug zu und weckte Malte auf. Er war auf dem Sofa mit einem Bier in der Hand eingedöst. Wie durch ein Wunder hatte er es im Schlaf nicht verschüttet, aber als er jetzt hochschreckte, pultschte er sich die halbe Flasche auf den Bauch. Wenigstens war er nun richtig wach.

Jella schaute vom Flur aus ins Wohnzimmer, die Blicke der beiden begegneten sich kurz, bevor Jella sich wieder umdrehte. Malte sah durch den Türrahmen, dass sie sich die Windjacke auszog. Sie kam herein, ihr Blick streifte Maltes biergetränktes Hemd, und sie begann, in dem Stoß von Zeitschriften auf dem Couchtisch etwas zu suchen. Schließlich förderte sie eine »Gala« zutage.

»Bist ja da«, lautete Maltes Versuch, ein Gespräch anzufangen.

»Stimmt«, lautete ihre Antwort, mit der sie, mit der Zeitschrift bewaffnet, wieder in den Flur entschwand.

»Gar nix vor?«, rief er ihr hinterher. Jellas Antwort ließ selbst für friesische Verhältnisse sehr lange auf sich warten – bis Malte schließlich klar wurde, dass er wohl keine bekommen würde.

24

Es war zu warm, Beckmann schlug das Plumeau nach einer Stunde komatösen Dämmerns zur Seite. Er zog den Häkelschleier über sich, schaute gegen die Decke und verspürte einen lauen Stolz. So lausig es ihm auch ging, er hatte zumindest das Gefühl, dass sich sein Einsatz gelohnt hatte. Er hatte recht gehabt mit seinem Riecher, auf der Insel lag der Schlüssel zum Verschwinden des Vermissten. Der Mann war dort gewesen, da war er jetzt sicher, und dieser wortkarge Vogelfredi hatte etwas mit der Sache zu tun, auch das war klar. Die Streichhölzer, die Waffe ... mit dem Gewehr auf Katzen schießen – das glaubte der ja wohl selbst nicht!

Er hätte die Waffe gleich beschlagnahmen sollen, dachte Beckmann. Aber er würde noch mal auf die Insel ... Gleich spürte er in der Magengegend wieder eine ungute Verbindung von Frühstücksrelikten und Friesengeist. Nun gut, er würde noch mal auf die Insel fahren, es half ja nichts, aber dann würde er dort alles gründlich auf den Kopf stellen. Er würde diesem sturen Möwenzähler schon aus der Nase ziehen, was da passiert war. Nur schnell musste es gehen. Nicht dass der Bursche womöglich noch abhaute, jetzt, wo er wusste, dass Beckmann ihm auf der Spur war. Er würde Verstärkung anfordern, sie mussten die ganze Insel durchkämmen, jeden verdammten Zentimeter.

Beckmann suchte in seiner am Boden liegenden Hose nach dem Telefon. Am besten würde er sofort in der Dienststelle anrufen, das musste ja noch über diverse Schreibtische gehen. Er wühlte in den Hosentaschen, fand nichts und wälzte sich wieder auf den Rücken. Suchend vom Bettrand zu hängen war in seinem Zustand keine gute Idee gewesen, im Magen war wieder jede Menge los.

Beckmann blieb regungslos liegen, um durch äußere Ruhe auch seinen Eingeweiden Frieden zu schenken. Ein unruhiger Schlaf überkam ihn, und in seinen aufflackernden Träumen kämpften Seeleute in gehäkeltem Ölzeug mit Häkel-Südwester in winzigen Ruderbooten gegen die stürmisch peitschende See. Es war ein apokalyptisches Szenario in düstersten Grautönen, und es war klar, dass dieses Bild einen der letzten Momente im Leben dieser tapferen Männer zeigte.

25

Brunke zog das Ruderboot ins Schilf. Er war mit dem auflaufenden Wasser gekommen, sodass er kaum Kraft hatte aufwenden müssen. Er würde sechs Stunden Zeit haben, um sich umzusehen, dann könnte er sich mit dem wieder ablaufenden Wasser zurück zur Insel treiben lassen. Die Zeit sollte reichen, um etwas in Erfahrung zu bringen über Gary Harms, den Grund seines Auftauchens und im besten Fall sogar den seines Todes. Hoffte Brunke zumindest.

Er gummistiefelte zu seinem im Gebüsch versteckten Fahrrad, schwang sich darauf und radelte in Richtung Gasthof »Bremermann«. Es ging vorbei am Deich mit Schafen und Weiden mit Kühen, bis er das Haus am Ortseingang von Krummhörn erreichte. Es war die einzige Gaststätte in weitem Umkreis, und nur deshalb hatte sie wohl am Rand dieses Dreißig-Seelen-Dorfes überleben können als letzter Zufluchtspunkt halbwegs geselliger Menschen.

Als Brunke sich dem Haus näherte, sah er, dass ein ortsfremdes Auto mit Auricher Kennzeichen davorstand. Es war ein dunkelblauer Audi. Dem Nummernschild nach zu urteilen, konnte es nicht dem Ermordeten gehört haben. Dass der feine Gary mit dem Bus gekommen war, konnte Brunke sich allerdings auch nicht vorstellen, also würde er dessen Wagen anderswo suchen müssen, falls ihm die Recherche in der Pension keine ausreichenden Hinweise bescheren würde. Aber eins nach dem anderen.

Brunke schlich sich an das Gebäude heran und versuchte, einen Blick durch die Fenster zu erhaschen. Das Tageslicht reflektierte auf dem Fensterglas den Eichenbestand vorm Haus, hinter den Scheiben verhinderten Häkelgardinen und Topfpflanzen den Durchblick.

Brunke ging ums Haus herum, um zu sehen, ob er von hinten unbeobachtet hineingelangen konnte. Er schaute sich um, bemerkte jedoch nicht, dass sich die rückwärtige Tür öffnete und Marte mit einem Eimer voller Gemüseabfälle auftauchte. Sie hielt inne, als sie Brunke rückwärtsschleichen sah, und sah ihm einen Moment zu.

»Na, was gibt das denn?«, rief sie.

»Aaaaaah…!« Brunke fuhr zusammen wie in einer guten Geisterbahn. »Äh, och … nix weiter …«

»Hm.« Marte fixierte ihn.

»Für die Schweine?« Brunke deutete auf den Eimer mit den Abfällen.

Marte musterte ihn regungslos.

»Hab … äh, habt ihr schon Küche?«

»'ne Küche ham wir, ja, und wenn einer was essen will, kriegt er auch was«, entgegnete Marte. »Meistens jedenfalls.«

»Prima, dann würd ich –«

»Der Eingang ist vorne«, unterbrach Marte ihn.

»Jo, klar.« Brunke machte mit der Hand eine salutierende Geste. »Ich komm denn mal rum.«

Brunke drehte sich um und verschwand hinter der Hausecke.

Marte sah ihm regungslos nach.

Brunke betrat die Wirtsstube. Ebbo saß über die Zeitung gebeugt an einem Tisch und schaute den unerwarteten Gast verdutzt an.

»Na, schon fertig mit Möwenzählen?«, begrüßte er Brunke nahezu jovial. Eitel Wolters hatte Brunke für eine Nacht im »Bremermann« einquartiert, bevor der den Dienst auf der Insel angetreten hatte. Der Wirt stand auf, um seinem Gast ein Bier zu zapfen.

»Nee, musste nur mal raus. Aber …« Brunke legte seinen Zeigefinger an die Lippen, und Ebbo nickte verständnisvoll.

»Hast ja nich allzu lang ausgehalten.« Ebbo beobachtete, wie das Bier aus dem Hahn ins Glas rann. »Nicht viel los da draußen, hm?«

Brunke wiegte den Kopf hin und her. »Wie man's nimmt …«

Seine Gedanken schweiften ab zu den Schwärmen von Rotschenkeln, die sich wie auf ein geheimes Zeichen hin aus dem

Watt erhoben, um in einer sich ständig verändernden Wolke ihre Kreise zu ziehen, bevor sie sich auf ein ebenso unsichtbares Signal hin gemeinsam wieder niederließen. Er bereute, diese Einsamkeit verlassen zu haben und schon wieder einem Gespräch ausgesetzt zu sein – aber es half nichts, er hatte eine Mission.

Der Wirt drehte den Zapfhahn langsam zu und ließ dann mit routinierter Könnerschaft noch einen kurzen Schuss Bier ins Glas, bis die Blume über den Rand wuchs. Ebbo kam hinter dem Tresen hervor, in der einen Hand das gerade gezapfte Bier, in der anderen ein halb volles zweites. Er setzte sich und hob sein Glas zum Prosit. Brunke lupfte seines und tauchte mit den Lippen in den feinporigen Schaum. Halb geleert stellte er das Glas wieder ab.

»Und? Habt ihr mal wieder Gäste gehabt?«, begann Brunke ohne Umschweife, aber möglichst beiläufig seine Recherche.

»Jo«, antwortete Ebbo. »Aber nich viele.«

»Hm«, machte Brunke und nahm einen Schluck Bier. »Urlauber?«

»Wie man's nimmt.«

Das klang geheimnisvoll – jetzt hieß es, geschickt nachzuhaken, ohne neugierig zu wirken.

»Städter?«, fragte Brunke.

Ebbo nickte.

»Na ja, was sollen die hier anderes machen als Urlaub«, bot Brunke als Vorlage an.

»Tja. Keine Ahnung«, steuerte Ebbo in eine Sackgasse.

Brunke leerte sein Bier und dachte über die weitere Strategie nach. Ebbo trank auch aus, griff sich die Gläser und erhob sich in Richtung Tresen.

»Geschäfte vielleicht«, legte er im Gehen nach.

»Was denn für Geschäfte?«

Ebbo spülte die Gläser und zapfte konzentriert.

»Tja …« Er drehte langsam den Hahn zu und betrachtete sein Werk.

»Strom vielleicht«, sagte er und kam mit beiden Pilstulpen wieder an den Tisch. »Is ja grad'n großes Thema. Prost.«

Er setzte sich, beide hoben die Gläser, tranken und setzten halb leere Gläser wieder ab. Die Küchentür öffnete sich. Marte verharrte, als sie Ebbo bei dem neugierigen Hinterhofbesucher am Tisch entdeckte.

»Na? Versteht ihr euch gut?«, fragte sie, ohne eine Antwort zu erwarten. Die Prise Giftigkeit, die in ihren Worten lag, überhörten beide. Ebbo aus Gewohnheit und Brunke, weil er sie nicht hören wollte.

»Und? Wollen Sie immer noch was essen?«, wandte Marte sich muffig an Brunke.

Ebbo schaute überrascht zu seiner Frau.

»Der war nämlich so hungrig, dass er schon hinterm Haus nach was zu essen gesucht hat.«

Ebbo schaute fragend zu Brunke.

»Ja, ähm ... Essen, gerne!«, stammelte dieser.

Im selben Moment traten Malte und Thees ein und grüßten flüchtig in Richtung der Wirtsleute. Malte schaute irritiert zum neuen Gast. Dann steuerte er auf den Sparkasten neben der Tür zu und steckte eine Münze hinein, Thees warf eine Münze in den Schlitz des »Rotamint Exquisit Juwel«. Es ertönte ein hektisches »Wenn bei Capri die rote Sonne im Meer versinkt ...«, danach herrschte Stille, in der Brunke zum ersten Mal das Ticken der Wanduhr wahrnahm. Sie zeigte auf kurz nach halb acht. Die beiden neuen Gäste setzten sich an einen Ecktisch.

Ebbo erhob sich, um seiner Arbeit am Zapfhahn nachzugehen. Brunke schaute zu den Neuankömmlingen hinüber, die ihrerseits den fremden Gast fixierten. Es war nicht auszumachen, wer von beiden schneller reagierte, aber Brunkes und Maltes Blicke blieben mehr oder minder gleichzeitig aneinander hängen.

»Nee, ne?«, entfuhr es Malte.

»Das gibt's ja wohl nicht ...«, sagte Brunkes mehr zu sich.

Beide erhoben sich und gingen aufeinander zu. In ihren Gesichtern konnte man Entgeisterung lesen – und bestenfalls verhaltene Freude über ein unverhofftes Wiedersehen.

»Was machst du denn hier?« Malte stellte als Erster die wenig originelle, aber naheliegende Frage.

»Und du?«, entgegnete Brunke, statt zu antworten, um dann mit einem Kopfnicken in irgendeine Himmelsrichtung nachzuschieben: »Die Vögel.«

»Och, die alte Leidenschaft«, sagte Malte grinsend, wandte sich zu Thees um, nickte mit dem Kopf in Richtung Brunke und erklärte: »Der hier hat's nämlich mit Vögeln«, und wieder an Brunke gewandt: »Auffe Insel?«

Brunke nickte, und Malte wandte sich erneut an Thees, um ihm zu erläutern: »Der ist auffer Insel.«

Diese Information ließ Thees die Augenbrauen heben. Brunke machte einen Schritt auf den Tisch der beiden zu, klopfte mit den Knöcheln zweimal auf die alte Eiche der Platte und entbot Thees ein »Moin«.

»So, so«, war Thees' Antwort, mehr auf die Nachricht als die Begrüßung gemünzt.

Malte setzte sich wieder, und im Setzen klopfte er mit der flachen Hand auf den Tisch, um Brunke zu signalisieren, dass er ebenfalls Platz nehmen sollte. Brunke leistete der Einladung widerwillig Folge, holte sein Bier und ließ sich auf einem freien Stuhl nieder.

Ebbo trat mit einem Tablett an den Tisch. Darauf standen zwei Pilstulpen und vier Gläser mit Klarem. Ebbo platzierte das Bier vor Malte und Thees, setzte sich auf den letzten freien Stuhl und verteilte die Schnapsgläser. Er selbst griff sich das letzte und konstatierte: »Ihr kennt euch?«, erhob sein Glas, und die anderen taten es ihm gleich. »Na denn …«

Synchron kippten sie einen »Moorgeist« runter.

»Und du so?«, ergriff Brunke als Erster wieder das Wort.

»Installation«, war Maltes erschöpfende Antwort.

Brunkes berlingeschulte Synapsen ließen das Bild einer Kunstinstallation aufblitzen, in der Malte ekstatisch nackt herumtanzte und Farbbeutel gegen Leinwände warf.

»Und Baustoffe«, ergänzte Malte.

»Hattest du gelernt, oder?«, fragte Brunke.

Malte nickte.

»Bei deinem Vadder.«

Malte nickte weiter.

»Wolltest du da nicht übernehmen?«

»Jo, aber mein Onkel ist gestorben.«

Der Zusammenhang erschloss sich Brunke nicht unmittelbar.

»Das war sein Betrieb hier gewesen.« Malte nickte nach draußen und trank einen Schluck Bier. »Hab ich dann hier übernommen.«

Ebbo und Thees verfolgten gebannt den biografischen Abriss und schauten nun gespannt auf Brunke, um stichwortartig auch dessen Lebensweg zu erfahren. Das schwante Brunke zumindest, zumal auch Malte seinen Gesichtsausdruck von Auskunft auf Frage umgestellt hatte.

»Berlin«, war Brunkes erstes Stichwort. Er ließ es wirken. Die anderen am Tisch verfielen in nachdenkliches Kopfnicken, jeder trank einen Schluck.

»Werbung«, legte Brunke nach, und Mitleid und Bestürzung seiner Tischgenossen nahmen sichtbar zu. Ohne den Blick von Brunkes Lippen zu wenden, griffen sie zu ihren Biergläsern.

»War aber nix«, enttäuschte Brunke im Keim die Hoffnung auf abenteuerliche Geschichten aus dem Sündenpfuhl. Dafür erntete er das Mitgefühl, das Nachfragen verbot, und das war sein Ziel gewesen.

»Hast du mal was von Rika gehört?«, wechselte er das Thema.

»Ist auch in die Stadt gegangen«, wusste Malte.

Ebbo und Thees blickten hin und her wie die Zuschauer bei einem Tennisspiel.

»Leer«, ergänzte Malte.

Die Zuschauer waren irritiert, weil der Ball noch mal von derselben Seite kam.

»Und?« Brunke war wieder dran.

»Wohl zwei Kinder. Macht so Krankengymnastik. Also als Beruf. So Psycho…«

»Physiotherapie«, half Brunke.

Malte nickte.

Eine Pause entstand.

»Und, nur kurz hier oder länger?«, fragte Malte.

»Ma gucken.«

Die Männer am Tisch ließen das Gesagte auf sich wirken, leerten ihre Gläser, und Ebbo machte sich daran, frische Biere zu zapfen.

Die Tür des Gastraums ging auf, und Beckmann erschien unter dem Türsturz. Er sah zerknittert aus, sowohl in Kleidung als auch Gesicht. Er stutzte angesichts der ungewöhnlich gut besuchten Gaststube und überlegte kurz, woher er die Anwesenden kannte. Er grüßte vorsichtshalber in Richtung der Gäste und hinter den Tresen, dann steuerte er einen freien Tisch an.

Ebbo nahm ein weiteres Glas aus dem Regal, und kurz darauf marschierte er mit einem Tablett mit fünf Bieren und fünf Schnäpsen zu Beckmanns Tisch und setzte vor dem Kommissar ein »kleines Gedeck« ab.

»Och nö, danke, ich …«, wollte Beckmann einwenden, aber Ebbo war mit dem Rest seiner Fracht schon wieder unterwegs und rief über die Schulter: »Geht aufs Haus.«

Er setzte sich zu den anderen, und alle hoben die Schnapsgläser und prosteten in Beckmanns Richtung. Der ergriff sein Glas, erwiderte den Gruß und stürzte den Schnaps hinunter. Ebbo zwinkerte den Männern an seinem Tisch zu, und sie tranken ebenfalls.

Beckmann fiel wieder ein, woher er den dritten Mann am Tisch kannte.

»Na, gar nicht auf der Insel?«, rief er möglichst leutselig zu Brunke rüber, der ja sein Hauptverdächtiger war, wie er sich trotz seiner schlechten Verfassung vage erinnerte.

»Sieht so aus«, war dessen Antwort.

»Dürfen Sie das denn, da einfach so weg?«

»Dürfen Sie das denn, so trinken im Dienst?«, lautete Brunkes Gegenfrage.

»Bin ja gar nicht …«, Beckmann musste aufstoßen, »… bin ja gar nicht im Dienst.«

»Och, wenn Sie Fragen stellen, sind Sie im Dienst, würde ich mal denken«, wandte Brunke ein. Seine Tischgenossen nickten.

Beckmann gab die misslungene Befragung auf.

»Gibt's noch was zu essen?«, wandte er sich an Ebbo. »Frag ich jetzt ganz außerdienstlich«, schob er nach, während er spürte, dass der Schnaps in ihm bereits wieder seine verwirrende Wirkung entfaltete.

Die Küchentür wurde aufgestoßen. Marte erschien mit drei Tellern. Wortlos stellte sie Labskaus mit Spiegelei und saurer Gurke vor Malte, Thees und Brunke ab und machte wieder kehrt.

»Marte«, rief Ebbo ihr hinterher.

Marte drehte sich um, Ebbo zeigte auf Beckmann, und Martes Blick folgte seinem Fingerzeig zum vierten Gast, den sie ganz übersehen hatte.

»Ähm, haben Sie denn für mich auch noch was Gutes?«

»Ob das gut ist, müssen Sie die anderen fragen. Aber haben können Sie was.«

Beckmann nickte nur, er hatte gelernt, dass zu viel Text hier nicht gut ankam.

Kurz darauf kam Marte mit einer weiteren Portion Labskaus zurück. Beckmanns Vorfreude legte sich, als er sah, dass die Speise auf dem Teller in Farbe und Konsistenz dem sehr ähnlich war, was man auf Übelkeit erregenden Bootsfahrten von sich gab.

Marte schaute auf den missmutigen Gast hinunter, erriet vermutlich seine Gedanken, und der seltene Anflug eines Lächelns umspielte ihre Mundwinkel, als sie wieder in die Küche ging.

Beckmann stocherte in der breiigen Masse aus Pökelfleisch und Kartoffelstampf herum.

»Schmeckt's?«, rief Ebbo hinüber. Er hatte offenbar genau beobachtet, dass Beckmann die Gabel noch nicht zum Mund geführt hatte.

Beckmann nickte eilfertig und begann zu essen. »Mmmsuper«, log er dann mit vollem Mund.

»Schön«, freute Ebbo sich mit drohendem Unterton.

Brunke dauerte das alles zu lange. Er musste etwas herausfinden, und wenn er warten würde, bis diese Leute freiwillig nach Hause gingen, wäre er vermutlich tarnungshalber betrunken und gar nicht mehr imstande, noch etwas herauszufinden – und auch nicht, zurück auf die Insel zu gelangen.

Brunke stand auf, wie man aufsteht, wenn man zur Toilette geht, und ging hinaus. Auf der Diele drehte er sofort ab in Richtung der Gästezimmer. Vorsichtig öffnete er die Tür zur »2«. Warmer Muff von ausgedünstetem Alkohol schlug ihm entgegen, auf dem Bett lag eine verwurstelte Häkeldecke, über dem Stuhl hing ein Hemd mit wildem Paisleymuster. Das musste das Zimmer des Kommissars sein.

Brunke schloss die Tür wieder, schlich weiter zu der mit der Nummer »1«, öffnete sie vorsichtig und wähnte sich richtig: Auch viele Häkelwaren, aber unter dem Segelboot in Öl mit flammendem Sonnenuntergang lag auf der Eichenkommode ein aufgeklappter Koffer mit Businesshemden und Businesskrawatten, den er Gary zutraute. Brunke durchwühlte den Koffer, fand eine Nagelschere, einen aufgerissenen Briefumschlag mit Kontoauszügen und drei Kondome. Arschloch, dachte Brunke bei sich und steckte den Umschlag ein.

Er schaute in den Seitentaschen des Koffers, unter der Bettdecke und im Schrank nach weiteren Hinweisen, aber vergeblich. Also verließ er das Zimmer wieder und betrat den Gastraum, in dem Ebbo gerade eine frische Lage Getränke auftischte.

26

Der Mond spiegelte sich im Wasser, er war fast voll, und der Himmel war nahezu wolkenlos. Brunke hatte es genau richtig geplant. Er benötigte nur wenige Ruderschläge, um voranzukommen, gelegentlich korrigierte er den Kurs, das Boot glitt mit dem ablaufenden Wasser über die ruhige See der Insel entgegen.

Am Steg angekommen, machte Brunke das Boot fest und ließ genug Leine, damit später, wenn das Wasser ganz abgelaufen war, das Boot nicht am Steg baumeln würde wie eine Makrele in der Räucherkammer.

Brunke war froh, wieder auf der Insel zu sein, und noch froher war er, als er das charakteristische »krek krek« des Wachtelkönigs hörte. Er stieg über die knarzenden Stufen zur Hütte, ließ die Tür offen, um Luft und Laute hereinzulassen, machte das Licht an, ging zum Kühlschrank und holte die letzte Flasche Bier heraus. Mit ihr setzte er sich an den Küchentisch, öffnete sie mit einem satten »Plopp« und nahm einen Zug. Aus seiner Jackentasche zog er den Briefumschlag, den er in Garys Koffer gefunden hatte. Es waren tatsächlich Kontoauszüge, auf denen oben das protzig wirkende Logo der Hauschildt-Privatbank prangte.

Brunke stutzte, als er den Buchungsbetrag auf dem ersten Auszug sah: fünfzigtausend Euro. Alle Achtung! Daneben stand die Kontonummer des Zahlungsempfängers. Brunke blätterte die Auszüge durch und staunte noch mehr. Alle Buchungen bewegten sich in dieser Größenordnung. Mal waren es dreißigtausend, dann wieder fünfzigtausend. Und immer wurde ein hoher Betrag auf das Konto überwiesen und kurz darauf in gleicher Höhe auf ein anderes Konto geleitet. Die Bankverbindung, von der aus das Geld einging, war immer dieselbe. Die Adressaten des Geldes waren verschiedene.

Brunke ließ die Auszüge sinken, nahm einen Schluck Bier und dachte nach. Was konnte das bedeuten? Das Konto war anscheinend ein Zwischenkonto, das zur Verteilung von Geld aus ein und derselben Quelle gedacht war. Warum war das Geld nicht gleich von dem Ursprungskonto aus überwiesen worden? Warum dieser Umweg? Und wofür wurden so hohe Beträge gezahlt? Und – warum hatte Gary diese Auszüge bei sich gehabt?

Brunke dachte zurück an die eigene leidige Buchführung. Es gab eigentlich nie glatte Rechnungsbeträge, allein schon wegen der Mehrwertsteuer, die glatte Beträge auf krumme erhöhte. Eine runde Summe konnte also nur eine Abschlagszahlung sein, ein Vorschuss – oder Schwarzgeld. Warum sonst solch ein Zwischenkonto, über das die Zahlungen abgewickelt wurden? Brunke kam der Verdacht, dass der unnatürliche Tod von Garrelt Harms mit dem Geldverkehr zu tun haben könnte. Hatte er vielleicht irgendwem zu wenig gezahlt? Oder nicht die Richtigen bedacht?

Brunke überlegte, ob ihn die Kenntnis der Kontoauszüge und seine Vermutung nun wirklich schlauer machten – oder zumindest entlasten könnten. Sollte er die Bankbelege dem Polizisten übergeben? Aber wie sollte er erklären, woher er sie hatte? Oder sollte er sie besser zurück in den Gasthof bringen – um dann womöglich dabei erwischt zu werden? Würde der Kommissar überhaupt die richtigen Schlüsse aus den Geldbewegungen ziehen oder wenigstens zur Erkenntnis kommen, dass Brunke nichts mit dem Tod von Gary zu tun hatte? Denn zumindest fand sich seine Kontonummer nicht unter den mit einer üppigen Zahlung Bedachten, was Brunke für einen kurzen Moment aufrichtig bedauerte.

Er hatte jedoch nicht den Eindruck, dass er sich auf Scharfsinn und Ehrgeiz des Hauptkommissars verlassen konnte. Er würde die Ermittlungen in Sachen eigener Entlastung wohl selbst vorantreiben müssen.

27

Es war Schlag acht Uhr morgens, wie die Uhr im Gastraum nebenan scheppernd kundtat. Beckmann wartete den letzten Gong ab, klopfte an den Rahmen der offen stehenden Küchentür und trat ein.

»Morgääään«, entbot er der Wirtin seinen sonnigsten Gruß.

Marte stand am Herd, drehte sich nicht um und entgegnete tonlos: »Moin.«

Beckmann ließ sich seine selbst verordnete gute Laune nicht vermiesen. Er hatte erstaunlich gut geschlafen und ausnahmsweise keinen Kater. Er setzte sich an den für ihn gedeckten Küchentisch, platzierte seine Hände erwartungsvoll rechts und links vom Teller und erwartete Martes Frage. Sie kam zuverlässig.

»Kaffee?«

»Gerne!«, sagte er strahlend. »Sehr gerne!«

»Was ist mit Ihnen denn?« Marte war sichtlich irritiert von der guten Laune ihres Gastes. Sie drehte sich um und war noch verblüffter, als sie sein knalloranges Polohemd erblickte.

»Mit mir?« Beckmann war kurz selbst verwirrt, ahnte dann aber, dass es sein Frohsinn war, der Rätselraten auslöste.

»Ist doch ein schöner Tag heute!« Er lächelte Marte an und wies in Richtung Fenster.

»Na ja«, entgegnete Marte. »Regnet mal nicht.«

»Ja«, freute Beckmann sich.

»Müsste es aber mal wieder«, kam von Marte zurück.

Beckmanns Lächeln erstarb. Er erkannte, dass er seinen Frohsinn wohl nicht mit ihr würde teilen können, und gab das Vorhaben auf. Schließlich war es schwierig genug gewesen, überhaupt positive Energie zu entwickeln. Und bevor er sie jetzt diesem ostfriesischen Emotionsstaubsauger hinwarf, um am Ende selbst nicht mehr genug zu haben, behielt er sie eben gleich für sich. So oder ähnlich wurde es auch von Jacobson empfohlen, wenn er sich recht erinnerte. Das Teilen und Verbreiten positiver Weltsicht sei etwas für Fortgeschrittene, hatte es auf der ersten CD geheißen. Um dieses Stadium zu erreichen, würde er den zweiten Schuber für hundertneunundzwanzig Euro kaufen müssen.

Beckmann griff bei den Brötchen zu, verzehrte eins nach dem anderen, nahm Fleischwurst, Mettwurst und Käse nacheinander statt geschichtet, ließ sich von Marte Kaffee nachschenken und freute sich, dass er sich freute.

In sein sonniges Frühstück hinein ertönte ein Halali. Marte drehte sich zu ihm um. Er stellte seine Tasse ab, kaute schneller und fingerte in der Gesäßtasche nach seinem Mobiltelefon. Das Halali wurde lauter, Beckmann drückte die grüne Taste und meldete sich kauend.

»Beckmamm.« Er schluckte und wiederholte: »Beckmann. Bei der Arbeit.«

Er hörte einen Moment zu, sagte: »Ja, richtig …«, hörte wieder zu, fragte: »Wo?«, und dann: »Wie heißt der?«

Er beendete das Gespräch mit einem »Okay, ich melde mich dann«, wischte sich mit der Papierserviette den Mund, stürzte im Aufstehen noch einen Schluck Kaffee hinunter und bedeutete Marte: »Einsatz.«

Die Wirtin schaute ihn teilnahmslos an, doch der Kommissar ließ sich in seinem Gefühl von Freude und Wichtigkeit nicht irritieren und eilte aus der Küche.

Beschwingt verließ er das Haus. Er bog um die Ecke – und erstarrte. Da stand sein Auto, und in großen Lettern war mit roter Farbe auf die Windschutzscheibe geschmiert: »OPA«.

Beckmann wurde blass. Er wusste, die Sauferei der letzten Tage hatte ihm zugesetzt, der Blick in den Spiegel hatte ihn morgens nicht erfreut. Aber er war sechsundvierzig Jahre alt, quasi im besten Alter, wie man gemeinhin so sagte, und jetzt titulierte ihn jemand als Opa?!

Alle Beschwingtheit war schlagartig dahin. Beckmann fühlte sich bleich und fahl. Er beugte sich zum Seitenspiegel hinunter und blickte hinein. Mit den Fingern zog er die Haut erst der linken, dann der rechten Gesichtshälfte zurück und spannte sie, um seine Falten glatt zu ziehen. War er tatsächlich so gealtert, dass er für irgendwelche jugendlichen Landschnösel schon als Opa durchging? Und selbst wenn das so wäre – warum wurde er überhaupt geschmäht von Wildfremden? Hatte er jemandem etwas getan? Gut, die Herzlichkeit der Einheimischen hielt sich grundsätzlich in Grenzen, und als unbequemer Fragesteller war er nicht überall willkommen, das kannte er ja schon. Aber immerhin waren fast alle, die er hier bislang getroffen hatte, etwa gleich alt oder sogar älter. Aus welcher schrägen Perspektive erlaubte sich also jemand, ihn als Opa zu bezeichnen?

Beckmann kramte nach seinem nicht mehr taufrischen Papiertaschentuch und versuchte, das riesige rote »O« auf der Beifahrerseite von der Windschutzscheibe zu wischen. Vergebens. Er spuckte auf die Scheibe, wischte wieder – nichts tat sich. Er kratzte mit dem Fingernagel an der Farbe, aber sie klebte fest am Glas. Beckmann sah sich um, ob er ein tauglicheres Werkzeug fand, aber er entdeckte keines.

Es half nichts, der Einsatz drängte. Der Kommissar setzte sich ins Auto und fuhr los. Beckmann peilte durch das Dreieck des »A« auf seiner Scheibe auf die Straße. Er wusste nicht so recht, ob die Wärme, die ihm ins Gesicht schoss, von Scham oder Wut herrührte. Es hielt sich vermutlich in etwa die Waage. Er rätselte, ob es nicht eine andere Erklärung für die drei Buchstaben auf seinem Auto geben konnte als eine persönliche Beleidigung, aber ihm kam nicht die leiseste Idee.

Beckmann hatte so fest daran geglaubt, dass seine Eingeweide sich wieder auf Normalbetrieb eingestellt hätten, und nun wurden sie dieser grausamen Prüfung unterzogen. Er kämpfte innerlich um seine gute Laune und den Frieden seines Magens. Aber der Gestank war einfach bestialisch.

»Jetzt ma Daumen drücken«, rief Lübbe Trimmel dem Kommissar von seinem dröhnenden Traktor aus zu. Lübbe gab etwas Gas, und die hinten am Fahrzeug befestigte Kette spannte sich. Lübbe gab mehr Gas, seine altertümliche Landmaschine hatte hörbar Schwierigkeiten mit der Aufgabe. Lübbe drückte das

Gaspedal noch weiter runter, die Drehzahl wurde höher, der Motor lauter, die Kette ruckte. Der Traktor setzte sich ein paar Zentimeter in Bewegung, gebannt schaute Beckmann zum anderen Ende der Kette.

Jetzt zog der Traktor. Stück für Stück beförderte er zutage, was Lübbe Trimmel am anderen Ende der Kette befestigt hatte: Einen Stoßfänger, der am Morgen aus Lübbes Jauchegrube herausgeragt hatte, und daran hing offensichtlich ein ganzes Auto. Wie lange das Fahrzeug dadrin gelegen hatte, konnte Lübbe nicht sagen, die Grube befand sich hinter dem Haus, und er kam nicht jeden Tag vorbei. Aber heute hatte er den Jauchetankwagen füllen wollen, entdeckte den Fremdkörper in seiner Grube und hatte bei der Polizei in Pewsum angerufen. Die hatten die Kollegen in Aurich verständigt und die dann Beckmann losgeschickt, weil der sowieso grad in der Nähe war.

Das Auto war zu einem Drittel heraus, es war mit bräunlicher Güllemasse überzogen, der Gestank wurde infernalisch. Unter dem Matsch konnte Beckmann vage erkennen, dass das Fahrzeug wohl silbern war, eine Mercedes C-Klasse neuester Bauart.

Lübbe zerrte das Auto mit seinem alten Deutz ganz aus der Grube, es verursachte ein grässlich schleifendes metallisches Geräusch, als er die Karosserie über den Betonrand des Jauchbeckens zerrte, das Beckmann an den Film über den Untergang der »Titanic« erinnerte, als der stählerne Schiffsrumpf mit schmerzhaftem Kreischen zerbarst und ins Reich der Riesenkraken versank.

Lübbe zog die Handbremse an, ließ den Motor weiterlaufen und stieg ab. Er ging zu Beckmann, stellte sich neben ihn, stemmte die Hände in die Hüften und betrachtete das bejauchte Auto.

»Von hier ist der nicht«, gab Lübbe seine Einschätzung ab. »Kenn jedenfalls kein, der so ein hat.«

Beckmann bückte sich und versuchte, das Kennzeichen zu entziffern, aber sowohl vorn als auch hinten hingen irgendwelche groben Teile aus der Jauchegrube darüber.

»Haben Sie vielleicht …«, wandte Beckmann sich an Lübbe.

Der hob schon die Hand zum Zeichen, dass er verstanden

hatte, ging ein paar Schritte zum Geräteschuppen, drehte einen Wasserhahn auf, schnappte sich das Ende eines herumliegenden Schlauchs und zerrte ihn in Richtung Auto. Nach kurzem Spotzen schoss das Wasser aus dem Schlauch, und Lübbe zielte auf das Nummernschild. Die Formel »Einfallswinkel gleich Ausfallswinkel« war ihm unbekannt, und so stand er genau in der richtigen Position, um die Jauche vom Nummernschild direkt auf Beckmanns leuchtend oranges Polohemd zu spritzen.

»Och. Ham Sie was abgekriegt?«, fragte Lübbe besorgt.

Beckmann schwankte, ob er toben sollte, dachte aber intensiv an die Tiefenentspannung nach Jacobson, winkte ab und sammelte mit spitzen Fingern die festeren Jaucheteile von seinem Hemd.

Das Auto war in Hamburg zugelassen, ein Mietwagen, wie Beckmann vermutete. Trotz der zurückliegenden Alkoholexzesse glaubte er sich zu erinnern, dass die Wirtsleute vom »Bremermann« das Auto des Verschwundenen so beschrieben hatten, dass es dieses hier sein konnte.

Ein paar Anrufe später war Beckmann schlauer: Der Wagen war tatsächlich von Garrelt Harms angemietet worden.

Lübbe begann nun das gesamte Fahrzeug mit dem Schlauch abzuspritzen. Beckmann stellte sich in sichere Entfernung und telefonierte. Er verstummte, als die Frontscheibe des Autos sichtbar wurde. Darauf stand in großen roten Lettern: »OPA«.

Sofort sah Beckmann vor seinem inneren Auge seinen eigenen Wagen in der Güllegrube versinken, mit sich hinter dem Steuer, verzweifelt gegen die Scheiben klopfend, während die Gülle im Fahrzeuginnern immer höher stieg, die Türen ließen sich nicht öffnen.

»Haaaalloooo«, brüllte der Kollege von der Spurensicherung aus Beckmanns Telefon und riss ihn aus seinem feuchten Tagtraum. Beckmann trat näher an das geborgene Auto, aber er konnte im Innern nichts erkennen.

Schließlich kamen die Spurensicherer, umschwirrten in weißen Papieroveralls den Mercedes, befreiten ihn äußerlich von der restlichen Gülle und untersuchten dann sein Inneres. Es befand sich niemand im Fahrzeug. Der Wagen war nagelneu, es gab keine persönlichen Gegenstände, die Experten konnten lediglich Haare an den Kopfstützen sichern: kürzere beim Fahrersitz und lange blonde auf der rechten Seite.

28

Die Wolken jagten flach über die Hütte, es blies ein kräftiger Nordwest sechs, bald würde es anfangen zu regnen. Brunke schloss die Tür von außen ab. Er wusste nicht, wer hierher hätte kommen sollen, aber er war ja schon einmal böse überrascht worden. Zumindest sollten sich nicht die Waffen im Haus vermehren, und falls der Kommissar noch mal aufkreuzte, wollte er es ihm zumindest nicht zu leicht machen, im Haus herumzuschnüffeln.

Finden könnte der ohnehin nichts mehr. Das Gewehr hatte Brunke in seinem Rucksack, er würde es irgendwo verschwinden lassen. Das wäre wohl sicherer, denn es war vermutlich die Tatwaffe und hatte bei ihm herumgestanden. Längst waren seine Fingerabdrücke darauf, und wer wusste schon, was die heutzutage alles herausfinden konnten, selbst wenn man alles abgewischt hatte.

Wehmütig schaute Brunke zur Nordseite der Insel, wo ein Schwarm Heringsmöwen kreischend seine Kreise zog. Von irgendwoher war anscheinend etwas Essbares angeschwemmt worden, die Vögel stießen in die Tiefe, und wenn einer von ihnen etwas erbeutet hatte, wurde er von einem halben Dutzend Artgenossen verfolgt, die versuchten, ihm den Bissen abzujagen. Auch nicht anders als wir, dachte Brunke, vermied es aber, weiterzudenken, um nicht seine romantisierte Sicht auf die Natur zu gefährden.

In der Früh hatte er noch einmal ordnungsgemäß eine Zählung der Gelege durchgeführt, nun würde es ein paar Tage ohne ihn gehen müssen. Das war nicht gern gesehen, eigentlich sogar streng verboten, das Monitoring der Bruterfolge war zu dieser Jahreszeit eine seiner Hauptaufgaben. Aber wenn er jetzt durch Fehlschlüsse eines unbegabten Ermittlers womöglich ins Gefängnis wandern sollte, würde er auf lange Sicht überhaupt keine Bruterfolge mehr registrieren können, und darum schien ihm dies zumindest für ihn persönlich das kleinere Übel, auch wenn er nicht die geringste Lust auf seine Reise hatte. Die Seeschwalben, Austernfischer, Löffler und Silbermöwen würden ihm wohl verzeihen, wenn er sie nicht jeden Tag zählte.

Brunke stapfte zum Anleger, verstaute seinen Rucksack im Boot, machte die Leine los und ließ sich mit der Strömung Richtung Festland treiben. Durch den Wind war das Wasser heute kabbeliger, er musste mit den Rudern häufiger seinen Kurs korrigieren, bis der Bug des Bootes schließlich mit einem zischenden Geräusch ins Schilf am Ufer schnitt.

Brunke zerrte das Boot so weit in Richtung Deich, dass es auch bei Hochwasser noch trocken liegen würde. Er hatte dafür einen Platz hinter Weidensträuchern gefunden. Hier war das Boot von der Landseite aus nicht einzusehen, und hier lag auch sein altes Fahrrad, auf das er nun umstieg, um zum Bahnhof nach Emden zu radeln.

29

Thees schloss die wurmstichige Tür des Verschlages hinter sich und betätigte den alten Drehlichtschalter. Die kahle Glühbirne tauchte eine ganze Landschaft in weiches Licht: Unter ihr breitete sich das Wattenmeer aus, die Vogelschutzinsel mit ihren Dünen, aus dem Watt ragten die mächtigen Masten der Windkraftanlagen. Der Windpark war noch im Bau, das war sofort ersichtlich, an einigen Masten befanden sich bereits die Köpfe mit den mächtigen Rotorblättern, andere waren erst zu halber Höhe angewachsen, wieder andere wurden gerade mit dem Rotorkopf bestückt, die großen, rot-weiß gestreiften Flügel lagen am Fuß des Mastes.

Thees beugte sich vor und griff ein Rotorblatt aus dem Sand. Es war etwa so lang wie sein Zeigefinger. Er legte es neben andere Rotorblätter, die noch jungfräulich weiß waren. Der Schöpfer dieser Miniaturwelt ließ sich auf einem Hocker nieder und betrachtete sein Werk.

Viele Monate hatte Thees daran gearbeitet. Zunächst hatten alle im Dorf geglaubt, er würde ihnen irgendeinen abenteuerlichen Quatsch auftischen, Malte hatte am lautesten gelästert über die blödsinnige Idee. Aber Thees hatte es ernst gemeint, er war schon als kleiner Junge ein begeisterter Modellbauer gewesen, und als er eines Tages mit der ersten Nachbildung eines Windrades in Ebbos Wirtsstube kam, wurde die lärmende Runde der Skeptiker plötzlich ganz leise. Mit verblüffter Hochachtung wurde das maßstabsgetreue, filigrane Modell von dicken, schwieligen Bauernhänden weitergereicht.

Noch am selben Abend wurden sie sich einig, dass sie ihrem Freund, der ins ferne Berlin gezogen war, ein Angebot unterbreiten wollten, das dieser nicht ablehnen konnte.

Gary Harms war ins Dorf gereist gekommen, schon zum zweiten Mal. Er selbst war es gewesen, der ursprünglich den Kontakt zu seinem alten Kumpel Malte aufgenommen hatte, wenn auch unter ganz anderen Vorzeichen. Gary arbeitete für einen Investor, er hatte einen Beruf, von dem in seiner Heimat niemand so recht wusste, was sich hinter dieser Art von Tätigkeit verbarg, und je öfter die Leute mit Gary sprachen, umso mehr gewannen sie den Eindruck, dass das auf ihn selbst auch zutraf. Es war jedenfalls eine Arbeit, die mit Handwerk nichts zu tun hatte, auch nicht mit Landwirtschaft und überhaupt mit nichts, was sich greifen ließ. Es ging um Geld, das aber eigentlich auch nicht wirklich vorhanden war, von dem aber zumindest behauptet wurde, dass irgendjemand es wohl hätte. Und bevor einer das Geld hätte sehen wollen, wurde es jemand anderem zugeschoben, der damit wieder etwas kaufte und dann gleich wieder verkaufte, bevor jemand merken konnte, dass es dieses Geld eben gar nicht gab.

So ähnlich hatten Malte, Thees, Ebbo und die anderen im »Bremermann« verstanden, was Gary in Berlin trieb, und dass er mit diesem Geld, das es eigentlich gar nicht gab, etwas bauen lassen wollte in ihrer Heimat. Das gefiel ihnen gar nicht, das Schutzgebiet war zu nah, sie sahen die Vögel gefährdet, einige sagten, Kühe würden wegen der Rotorschatten weniger Milch geben und Menschen keinen Schlaf finden, und obendrein würde es die Natur verschandeln, wie alle übereinstimmend feststellten. Sie vertrösteten Gary, sagten ihm, sie wollten es im Gemeinderat prüfen, und zwar wohlwollend, und er sollte doch in ein paar Wochen wiederkommen.

Als Gary das »Bremermann« damals verlassen hatte, loteten die anderen aus, wie zuverlässig er wohl sein würde, inwieweit man ihm vertrauen könnte und ob sie nicht zusammen etwas machen sollten aus der Idee – nur etwas ganz anderes, als Gary im Sinn hatte. Aber etwas, von dem alle etwas haben würden. Schließlich gab es dieses ganze Geld, das es irgendwie auch nicht gab, das also auch keinem fehlen konnte, das man ja aber vielleicht doch in echtes Geld umwandeln könnte. Das war die Geburtsstunde des großen kleinen Wattenmeers unter der Glühbirne in Thees' Schuppen gewesen. Und der Beginn einer Freundschaft, die ein jähes und ungeplantes Ende nehmen sollte.

Dass sie das nun allein Thees in die Schuhe schieben wollten, fand er ungerecht. Er griff ein rot-weiß gestreiftes Rotorblatt und ließ es zwischen seinen Fingern kreisen. So ein richtig gutes Argument gegen diese Sichtweise fiel ihm nicht ein, aber er fühlte sich eigentlich nicht verantwortlich.

»Tadele nicht den Fluss, wenn du ins Wasser fällst«, erinnerte er sich, das hatte mal als »Spruch des Tages« im Kalender gestanden, ein indisches Sprichwort oder vielleicht auch ein indianisches, das wusste er nicht mehr so genau, und jetzt erst bekam er eine Idee, was damit gemeint gewesen sein könnte. Er fand, dass das ganz gut auf seine Situation passte, und er sah sich als zu Unrecht geschmähten Fluss. Man steigt nie zweimal in denselben Fluss, alles fließt und höhlt den Stein – in seinem Kopf verwirrten sich Weisheiten und Redensarten und rissen seine gerade noch so klaren Gedanken in einen Strudel, an dessen Grund es dunkel war und feucht. Übrig blieb das Gefühl, ein Spielball der Mächte zu sein, seien es natürliche oder soziale, die er selbst nur nie so benannt hätte. Doch kein stolzer Fluss. Mehr eine moddrige Pfütze, durch die einer mit dem Traktor fuhr.

Mindestens ebenso betrüblich oder eigentlich noch viel schlimmer fand er aber, dass nun wohl nichts mehr werden würde aus seiner Idee eines gigantischen Freizeitparks. Er war einmal zu der riesigen Modelleisenbahnanlage in der Hamburger Speicherstadt gereist, es war das erste und einzige Mal, dass er in Hamburg war, aber das hatte er unbedingt sehen und erleben wollen.

Er war vollkommen begeistert zurückgekehrt, mit dem großen Plan eines maßstabsgetreuen Wattenmeers als Freizeitattraktion für die Touristen in Ostfriesland. Dass es vielleicht keine so vielversprechende Idee sein könnte, Touristen sein Modell schmackhaft zu machen, wenn sie das echte Wattenmeer direkt vor ihrer Nase hatten, entkräftete er Skeptikern gegenüber mit der Scheu der Gäste vor dem schlechten Wetter: Bei Regen würden sie die Schönheit des Wattenmeers in einer geheizten Halle bei einer Tasse Tee oder einem Grog genießen können.

Das Rotorblatt zwischen Thees' Fingern knackte. Er legte die Trümmer ins Meer und beugte sich zu einem großen Eimer zu seinen Füßen, in dem sich weißliches Pulver befand. Mit einem Löffel häufte er etwas davon neben dem Fuß eines fertigen Windrades an und legte eine kleine Spur. Dann träufelte er aus einer kleinen Metalldose Flüssigkeit auf das Häufchen, nur ein paar Tropfen.

Er entzündete ein Streichholz und hielt es an die weiße Lunte. Mit zischendem Laut fraß sich die Flamme bis zum Windrad vor. Als sie den Haufen erreichte, gab es einen hellen Blitz und einen Knall, das Windrad stand sofort in Flammen. Thees beobachtete, wie der erste Rotor zu tropfen begann und der Mast langsam umsank. Das Plastik schmorte und schlug schwarze Blasen, schwarzer, beißend riechender Rauch stieg auf. Es war ein kleines Inferno im Maßstab eins zu zweihundertfünfzig.

Thees beobachtete den Schwelbrand, bis alles verloschen war. Er stand auf, ging an einem großen Eimer mit roter Farbe vorbei und löschte das Licht.

30

Jella war von ihrem Fahrrad abgestiegen und schob es langsam auf den Hof von Lübbe Trimmel zu. Sie trug eine Jeans-Latzhose, darüber eine grüne Windjacke, und ihre langen blonden Haare hatte sie in ein rot gemustertes Kopftuch geknotet.

Vor der Zufahrt zu Lübbes Hof standen mehrere Fahrzeuge: ein schwarzer VW-Bus mit getönten Scheiben, ein schwarzer Passat Kombi und ein Streifenwagen. Jella schob ihr Rad vorsichtig weiter, um einen besseren Blick auf das Geschehen im Hof zu erhaschen. Sie sah Menschen in weißen Papieroveralls und einen großen gelben Abschleppwagen, dessen Fahrer auf der abgewandten Seite des Fahrzeugs herumhantierte. Dann betätigte er die hydraulische Fernsteuerung, der Kran an seinem Wagen ruckte und hob an vier Ketten etwas in die Höhe. Es kam ein Autodach zum Vorschein, silbern, Zentimeter um Zentimeter. Jella verfolgte gebannt das Geschehen, und mit jedem Stück, das der Wagen weiter in die Höhe gehoben wurde, sackte ihr Kinn weiter nach unten.

Jella stand der Mund inzwischen weit offen, und sie erschrak, als Lübbe Trimmel sie plötzlich mit einem »Moin, Jella!« aus ihren Gedanken riss. Lübbe war zum Vorderausgang des Hauses herausgekommen, weil der hintere durch den Abschleppwagen versperrt war.

»Da guckst du, nech? Was man so alles in seiner Güllegrube findet«, rief er ihr im Gehen gut gelaunt zu.

Jella wurde schlecht. Sie lehnte ihr Rad gegen die Eiche neben der Zufahrt, es fiel um, die Aufsätze ihrer Deutschklasse fielen aus dem Fahrradkorb. Jella sammelte sie ein, ohne richtig hinzusehen, sie hatte nur Augen für das silberne Auto, das da an den Ketten baumelte. Es war ein Mercedes, und sie kannte sich nicht gut mit Autos aus, aber für Jella sah es nach genau dem Wagen aus, den Gary gefahren hatte.

Sie trat auf den Hof und beobachtete, wie der Wagen auf

der Plattform des Abschleppwagens abgesetzt und festgezurrt wurde. Jella wandte sich an einen Mann im Papieroverall, der die Prozedur ebenfalls verfolgte.

»Was ist da denn passiert?«, fragte sie möglichst beiläufig, während sie das Gefühl hatte, dass etwas genauso fest um ihre Brust gezurrt wurde wie die Klammern um die Felgen des silbernen Autos.

Der Papieroverall zuckte mit den Schultern, wandte sich ab und ging.

Jella fasste sich ein Herz, das nur noch flach schlug, ging zum nächsten Papierkapuzenanzug und versuchte es erneut.

»Was war da denn los?«, fragte sie.

Die Frau, die in dem Overall steckte, drehte sich ihr zu und sagte: »Keine Ahnung. Lag in der Güllegrube.«

Sie verschwand ebenfalls, der Chefoverall hatte zum Einsatz geblasen.

»Kennen Sie den?«, wandte sich plötzlich jemand von hinten an Jella. Sie drehte sich um. Ein Mann in einem orangen, braun befleckten Poloshirt stand vor ihr.

»Was, wen?« Jella war ehrlich verwirrt. Sie sah Lübbe Trimmel über den Hof marschieren. »Lübbe? Ja klar, wir wohnen –«

»Den Wagen«, unterbrach Kommissar Beckmann sie.

»Was? Den? Nein, wieso …«, stammelte Jella.

»Sie wohnen hier?«

»Ja … also nicht hier, aber im Dorf, hinten, zwei Kilometer weiter …«, erklärte Jella, »da, wo neu gebaut wird.«

Beckmann überlegte, was er weiter fragen könnte, aber Jella war schneller.

»Was ist denn da passiert? War da jemand drin?«

»Nein, war es nicht«, entgegnete Beckmann. »Warum interessiert Sie das?«

»Das wäre doch schrecklich«, sagte Jella leise.

»Ja, stimmt«, pflichtete Beckmann ihr bei.

Jella bekam etwas besser Luft, drehte sich um und ging zu ihrem Fahrrad.

Als Beckmann die Formalitäten mit dem Fahrer des Abschleppwagens erledigt hatte, war Jella mit ihrem Rad auf und davon. Beckmann schaute ihr nach und dachte, er hätte sich Namen und Adresse geben lassen sollen. Er mochte diese spröde Art. Das hatte er erst gemerkt, als er seine Kollegin Hartung von der letzten Dienststelle nach seiner Versetzung plötzlich begonnen hatte zu vermissen.

Die Papieroveralls stocherten mit langen Stangen in der Güllegrube. Eine Gestalt in voluminösem Anzug mit Taucherhelm stieg auf einer Leiter in die braune Brühe. Mit einem dumpfen Glucksen verschwand sie unter der Oberfläche.

Auf dem Weg ins Dorf begegnete Jella Malte, der ihr im Sprinter seines Installationsbetriebs entgegenkam. Die Blicke der beiden trafen sich und blieben aneinander hängen. Sie schauten sich ernst und misstrauisch an, bis sie aneinander vorbei waren.

Etwas Trauriges hatte in dem Blick gelegen, bei beiden.

31

Es war ein warmer Tag, und es hatte stark geregnet. Jetzt dampfte es aus den Wiesen, die Sonne schien wie ein Mond durch den sich auflösenden Schleier aus Grau. In der Ferne standen Kühe gestaffelt in verschiedenen Grautönen, vorn stocherten Kibitze in den Wiesen.

Brunke reiste nicht gern, schon gar nicht mit der Bahn. Aber an der Natur, durch die er in seiner klimatisierten Zelle hindurchraste, konnte er sich freuen. Einmal hatte er ein Tiefseeaquarium besucht, in dem man in gläsernen Gängen unter dem Wasser hindurchlaufen und den Fischen in die Augen schauen konnte. So fühlte er sich auch in diesem Verkehrsmittel: mittendrin, aber unnahbar abgeschirmt.

Er war in Hannover umgestiegen, jetzt fuhr der ICE mit den üblichen zwanzig Minuten Verspätung im Berliner Hauptbahnhof ein. Der Zug war übervoll, jeder Zweite blökte in sein Telefon, um sich übers schlechte Telefonnetz, das letzte Meeting oder die Bahn zu beklagen. Das Ganze wurde untermalt von dumpfen Rhythmen aus riesigen Kopfhörern und Unmutsäußerungen von Kindern, die dem Ohrenschein nach ebenso ungern Bahn fuhren wie Brunke. Bananen, hart gekochte Eier und Erfrischungstücher dominierten die Geruchsebene – trotz einer Temperatur um den Gefrierpunkt, bei der auch Frischfleisch sicher ans Ziel gekommen wäre.

Nun also Berlin-Hauptbahnhof. Brunkes Laune erreichte das Level des Temperaturwerts: Er mochte diesen unbehausten, überdimensionierten Bunker nicht. Nie wusste er, zu welcher Seite er rausmusste, weil alles gleich aussah in diesem finsteren Loch.

Brunke erreichte die Ebene des Ausgangs und entschied sich für »Europaplatz« statt »Washingtonplatz«. Überrascht stellte er fest, dass es die richtige Seite war. Ihm kam die Idee zu einer

Eselsbrücke: für Europa, gegen Washington. Hm. Auch Quatsch. Aber immerhin, er war draußen und stand im Niemandsland.

Brunke wartete auf den 245er. Die Anzeige an der Haltestelle signalisierte das Eintreffen des Busses in drei Minuten. Sie zählte die Minuten herunter, begann zu blinken wegen unmittelbar bevorstehender Ankunft – und erlosch. Der Bus hatte sich anscheinend in Luft aufgelöst – oder die Anzeige hatte nur vorgaukeln sollen, die Reisenden kämen bald vom Fleck.

Nächster Bus in elf Minuten. Keiner murrte, die meisten starrten auf ihre Telefone. Mädchen tippten in irrwitziger Geschwindigkeit mit beiden Händen, mittelalte Menschen lasen, dämonisch beleuchtet durch die Displays ihrer Geräte. Alte Menschen: keine. Doch: Langsam näherten sich zwei kleine ältere Damen. Der gleiche karierte Mantel, darunter der gleiche Rock und die gleiche gemusterte Bluse. Ihre Frisuren waren die gleichen, sie trugen die gleiche Brille, und als sie in den Neonschein der Haltestelle traten, konnte Brunke sehen, dass es Zwillinge waren, die sich unterhakten, vielleicht achtzig Jahre alt.

Etwas weiter hinten balgten sich zwischen Unkraut ein paar Sperlinge um die Reste eines zertretenen Hamburgers.

32

Beckmann scheuerte mit einem Topfreiniger auf der Autoscheibe herum. Marte hatte ihm den »Ako-Pad« gegeben. Sie schwor, damit würde jeder noch so angebrannte Topf wieder wie neu werden. Die Lackfarbe auf Beckmanns Frontscheibe erwies sich jedoch als hartnäckiger als angebranntes Labskaus. Dem Kommissar schmerzten schon die Handgelenke, abwechselnd versuchte er es mit rechts und links, bis zum halben »O« hatte er sich schon vorgearbeitet. Erst jetzt entdeckte er, dass er mit seinem versessenen Scheuern die Scheibe gründlich zerkratzt hatte, was einen veritablen Rumpelstilzchentanz zur Folge hatte. Vergessen war Jacobson. Marte beobachtete das Schauspiel besorgt durch ihre Häkelgardine.

Beckmann ließ sich erschöpft auf der Bank neben der Tür nieder. Er betete zum heiligen Veit. Das hatte seine Mutter schon getan, wenn er als Kind einen seiner Wutanfälle bekam, wie ein Derwisch herumhüpfte und stampfte.

Beckmann schaute auf sein Werk und schnaufte durch. Das halbe »O« würde er auch noch schaffen, und danach freute er sich auf ein Bier und – freute er sich tatsächlich auf einen Schnaps? Nicht ohne Sorge ertappte Beckmann sich bei der Vorfreude auf die Wärme, die ihm ein Hochprozentiger durch den Leib jagen würde. Er fühlte sich fast schon zu Hause in der abendlichen Routine der Pension – wenn er nur nicht so angefeindet werden würde, dachte er traurig, als er die rote Farbe sah. Er würde sich so gern angenommen fühlen, gemocht, hier, irgendwo, ganz egal. Gerade hatte er begonnen, sich fast wohlzufühlen, und jetzt musste er Schmähungen von der Scheibe scheuern und vielleicht sogar um sein Leben fürchten: Das Bild vom in der Güllegrube versinkenden Wagen mit demselben Schriftzug tauchte wieder vor ihm auf.

Er würde nachher sicher einen Schnaps brauchen. Mindestens einen.

33

»Das war doch dein bescheuerter Kumpel!« Jellas Stimme überschlug sich.

»Wenn du meinst.« Malte blätterte in der Zeitung, ohne zu lesen.

»Ja, das mein ich«, schrie Jella, ging auf Malte zu, trat gegen das Tischbein und dann gegen Maltes Schienbein. Malte sah zu ihr auf. Jella holte aus, verpasste ihm eine Ohrfeige und schrie ihn an: »Ihr mit eurem bescheuerten OPA, eure blöde Kinderkacke! Scheißdreck! Arschlöcher!«

Jella kamen die Tränen, sie wischte sie mit dem Handrücken fort und lief aus dem Zimmer.

Malte blätterte die Zeitung um.

»Ich geh zur Polizei!«, schluchzte Jella auf dem Flur.

»Das würde ich nicht machen«, entgegnete Malte ungerührt.

»Ach, und wieso nicht?« Jella stand wieder in der Tür, ihr Gesicht war rot vor Zorn.

»Ganz alleine ist doch auch scheiße«, sagte Malte ohne aufzusehen.

Jellas Ausdruck wechselte zu Entgeisterung.

»Warst du das?«, fragte sie tonlos.

Malte schien intensiv einen Zeitungsartikel zu studieren.

»Wer war hier überhaupt was?«, fragte er in einem provozierend ruhigen Tonfall und fuhr fort: »Was ist denn überhaupt passiert? Du hast gesehen, wie bei Lübbe ein Auto aus der Güllegrube gezogen wurde.«

Er machte eine Pause, blätterte um und blickte Jella zum ersten Mal an.

»Weiter nichts.« Er schaute wieder in die Zeitung.

»Dass sich jemand vom Acker macht, wenn man gar nicht damit rechnet, soll ja vorkommen«, setzte er nach, wandte sich ihr zu und lächelte.

Jella griff nach ihrer Jacke und warf die Haustür hinter sich so heftig ins Schloss, dass die Butzenglasscheiben in ihrer Fassung schepperten. Eine bekam einen kleinen Sprung, den keiner von beiden bemerkte.

34

Malte setzte sich zu seinem Kumpel Thees an den Tisch. Ebbo brachte ein Bier, stumm stießen die Freunde an.

»Na, hat OPA mal wieder zugeschlagen«, raunte Thees Malte so laut zu, dass auch Beckmann am übernächsten Tisch es hören konnte. Der schnappte sofort nach dem Köder und lauschte in Richtung der beiden. Aber es gab nichts weiter zu hören, Malte nickte nur andächtig.

»Sagen Sie …«, rief Beckmann quer durch den Gastraum, »… Sie haben gerade gesagt ›Opa‹ …«

»Stimmt«, bestätigte Thees.

»Ja, hat er«, bekräftigte Malte.

»Hat er gesacht«, kam als Echo auch von Ebbo hinter dem Tresen.

Beckmann wartete, aber es gab keine weitere Erläuterung.

»Wieso zugeschlagen? Wie meinen Sie das? Opas sind gar nicht die, gegen die es geht? Die Opfer?«, fragte Beckmann und löste allgemeines Stirnrunzeln aus. Die anderen konnten ja nicht ahnen, dass er sich eine Theorie zurechtgelegt hatte, nach der jemand im Dorf nach und nach das Leben aller über Vierzigjährigen auslöschte, und zwar in einer Güllegrube – zumindest das von Ortsfremden.

»Opfer?«, fragte Thees.

Das war für Ebbo das Stichwort, er kam mit einem Schnaps an Beckmanns Tisch.

»Aufs Haus«, sagte er drohend, bevor Beckmann Anstalten machen konnte, das Getränk anzulehnen.

Beckmann trank und lallte, obwohl der Schnaps noch gar nicht wirken konnte: »Ja, Opfer.«

»Nö«, sagte Thees bestimmt.

»Aber wieso …« Beckmann überlegte, wie er seine These auf den Punkt bringen konnte. »Wieso werden dann alle Fremden beschimpft? Wieso werde ich beschimpft?«

»Tja«, meinte Thees.

»Werden Sie das denn?«, fragte Ebbo und klang mitfühlend.

»Vielleicht sind Sie ja nicht so beliebt hier«, gab Malte zu bedenken.

Beckmann schaute betroffen. Der Mann hatte es einfach ausgesprochen.

»Aber wieso? Ich meine, wieso denn nicht? Wem hab ich denn was getan? Ich versuch ja nur, jemanden zu finden.«

»Tote soll man ruhen lassen«, murmelte Thees in sein Bierglas. Malte, Ebbo und Beckmann schauten ihn irritiert an.

»Wieso Tote?«, hakte Beckmann nach. »Wissen Sie was, das ich auch wissen sollte?«

»Nö«, erwiderte Thees ruhig.

»Ist doch so 'ne Redensart«, sprang ihm Ebbo bei.

»Nur 'ne Redensart«, wiederholte Thees.

»Aber wieso glauben Sie, dass der tot ist?«, fasste Beckmann nach.

»Doch nur so 'ne Redensart.« Ebbo zwinkerte ihm zu, und während Beckmann noch versuchte, seinen Ursprungsgedanken wiederzufinden, kredenzte Ebbo ihm mit sehr bestimmtem Kopfnicken den zweiten Schnaps.

»Aber wenn ich nicht beliebt bin, bin ich doch das Opfer«, nahm Beckmann seinen halbseidenen Faden wieder auf und klang unwillkürlich weinerlich.

Die anderen wechselten Blicke.

»Wenn Sie meinen«, war Maltes Antwort.

»Mobbing«, warf Thees ein.

»Mobbing?« Beckmann war aus dem Konzept.

»Heißt doch so, wenn einer nicht beliebt ist und die andern ihn ärgern«, sagte Thees. »So inne Schule.«

»Ja. Oder auf Arbeit«, ergänzte Ebbo.

»Oder so Frauen, wenn die von den Männern nicht gut behandelt werden oder so angebaggert.« Thees wurde richtig gesprächig.

Beckmann beschlich das Gefühl, dass seine Recherche ins Leere lief und die anderen den Ernst der Lage nicht begriffen.

»Aber hier geht's um Leben und Tod!«, platzte er mit viel zu lauter Stimme heraus.

Die anderen schauten ihn schweigend an.

»So?« Ebbo war der Erste, der eine Antwort hatte.

»Ja! Menschen verschwinden, werden bedroht, Autos landen in der Güllegrube, das ist doch –«

»*Ein* Auto. Und *ein* Mensch. Oder?«, unterbrach Malte ihn.

»Bisher«, kam Ebbo mit drohendem Unterton einer Antwort des Kommissars zuvor.

»Ja, einer, von mir aus. Das reicht ja wohl. Und richtig: bisher! Ich werde auch bedroht.« Beckmann redete sich in Rage. »Also, wer hat hier was gegen Fremde?«

Die anderen schauten ihn unverwandt an in der Hoffnung, dass ihm die Antwort selbst einfallen würde. Beckmann sammelte sich und versuchte es von vorn.

»Opa. Sie haben vorhin gesagt, ›Opa hat zugeschlagen‹.«

»Hat er das?« wandte Malte sich an Ebbo.

»Ja, hat er!«, rief Beckmann unwirsch und friesengeistbeflügelt. Jacobson war ein Dummschwätzer! Pfeif auf die Gelassenheit! Raus mit allem, was einem auf der Seele liegt! Beckmann würde sich noch mal »RoboCop« auf DVD ansehen, um sich in die richtige Verfassung für seinen Einsatz zu bringen.

»Denn wird das wohl so sein«, versuchte Ebbo, den Ermittler zu besänftigen, und schickte sich an, den dritten Schnaps einzuschenken.

Beckmann war nach Stühlezertrümmern zumute, aber er betete und beherrschte sich, dem heiligen Veit sei Dank, und verfluchte ihn zugleich zusammen mit seiner guten Kinderstube.

»Welcher Opa hat wo zugeschlagen?« Er betonte jede Silbe.

»Na, OPA eben«, erklärte Thees.

»O-P-A«, buchstabierte Ebbo und deutete an, das Geheimnis zu lüften. »Was könnte das wohl heißen?«, fragte er, während er den dritten Schnaps hinstellte.

Entnervt griff Beckmann nach dem Glas und stürzte den Inhalt runter.

»Na, alter Mann, oder was?! Ich hab jetzt keine Lust auf

Rätselraten, ich bin im Dienst und muss eine Straftat aufklären«, lallte er.

»Och, Sie sind im Dienst? Herr Kommissar, das glaub ich ja nicht. Sie trinken doch nicht im Dienst, oder?«, fragte Ebbo sanft.

Beckmann rang nach Luft und Worten, beides wollte sich nicht so recht einstellen.

»Wir plaudern doch nur'n büschen, hm?« Ebbo blickte, Bestätigung suchend, zu Malte und Thees. Die brummten und nickten zustimmend.

Beckmann ergab sich in sein Schicksal und zeigte auf sein leeres Schnapsglas. »Haben Sie noch so einen?«

35

»Ja servus!«

»Moin!« Brunke folgte der einladenden Geste seines Gegenübers, trat ein und ließ sich von seinem alten Kumpel umarmen.

»Hast ja net lang ausgehalten bei deine komischen Vögel.« Nick knuffte ihn gegen den Arm.

»Joa. Hätt ja gern.«

»Aber? Sehnsucht?«, fragte Nick, während er zwei Flaschen Augustiner aus dem Kühlschrank holte, öffnete und auf den Küchentisch stellte.

»Höchstens nach dem da.« Brunke zeigte auf das Bier.

Nick grinste, griff sich eine Flasche und hielt sie Brunke zum Anstoßen hin.

»Isabella?«, fragte Nick dann.

»Hm-mm«, verneinte Brunke kopfschüttelnd, weil er noch trank.

»Ist dir a bissl eng geworden auf der Insel?« Nick grinste. Er war Psychologe, auch wenn er eher aussah, wie man sich einen Holzfäller vorstellte. Eines Abends hatte er sich Brunke in einer Kneipe aufgedrängt. Brunke hatte allein bleiben wollen und abweisend in sein Bier gestarrt, aber Nick hatte sich nicht abwimmeln lassen. Im Nachhinein ein Glücksfall. Nick schien keinerlei Ängste zu haben, er trank nur zu viel, was er sofort freimütig zugab. Da ging es Brunke ja ähnlich, also hatten sie gleich ein Thema und verstanden sich prächtig.

Nick hatte Brunke noch an diesem Abend überzeugt, zu ihm in die Praxis zu kommen, nachdem Brunke ihm mit schwerer Zunge seine jüngste Trennungsgeschichte ausgebreitet hatte.

»Ah, Sie sind also der Aufzug«, hatte ihn die Sprechstundenhilfe begrüßt und im Wartezimmer neben der Spinne und der Menschenmenge platziert. Gegenüber saßen zwei Flugzeuge, die sich aber nicht kannten.

Brunke hatte sich konstant unter den fadenscheinigsten Vorwänden geweigert, mit Marie in die angesagteste Bar auf dem Hochhaus am Alexanderplatz zu gehen. Als Marie ihn dann exakt zur Uhrzeit des von ihm abgesagten Dates in einem Café hatte sitzen sehen, war sie überzeugt gewesen, dass er eine Affäre mit einer anderen hatte. Seine ihr aus Scham verschwiegene Angst davor, in enge Aufzugkabinen zu steigen, wirkte da nur noch wie eine jämmerliche Ausrede, und Marie hatte sich noch an Ort und Stelle von Brunke getrennt. Passenderweise hieß das Café »Immer und ewig«.

Dann saß er also neben der Spinne und der Menschenmenge, und seither war Brunke unzählige Male in Begleitung Aufzug gefahren, schließlich auch allein, aber er mied es nach Möglichkeit immer noch, die Weite war immer schon eher seine Sache gewesen und würde es auch ewig bleiben.

»Mei, des is a G'schicht!«, meinte Nick, nachdem ihm Brunke die ganze Sache mit dem toten Gary, der Waffe und dem Kommissar erzählt hatte. »Wahnsinn.«

Nick holte zwei frische Augustiner aus dem Kühlschrank, öffnete sie und reichte eins weiter. Sie stießen an und tranken. Dann saßen beide, die Arme auf den Küchentisch gestützt, und schwiegen.

Das hatte Brunke sofort gemerkt, dass sie sich ähnlich waren, obwohl sie aus völlig entgegengesetzten Ecken stammten. Nick, der Oberbayer aus Bad Aibling, und Brunke, der Ostfriese aus Merschmoor. Wenn sie eins konnten, dann miteinander schweigen. Das ging mit den wenigsten, wie Brunke in Berlin leidvoll hatte lernen müssen. Vor allem in seiner Branche war es nicht gerade üblich, einfach mal die Klappe zu halten. Im Gegenteil, je weniger Ahnung man hatte, desto mehr wurde geschwatzt. Und Brunke hatte sich vorher gar nicht vorstellen können, wie viele Leute keine Ahnung haben konnten.

Brunke dachte daran, wie richtig sein Schritt gewesen war, auf die Insel zu gehen. Auch wenn er die Abende mit Nick vermisste, wie er gerade merkte. Deswegen war es heute ganz in Ordnung, nicht mehr viel zu reden und sich erst auf die Gästematratze im Wohnzimmer zu verziehen, als zwölf geleerte Augustinerflaschen auf dem Küchentisch standen.

36

Es war Nacht, ein alter Mann mit langem grauen Bart schlich gebückt um ein reetgedecktes Haus. Er trug Gummistiefel und einen gelben Ostfriesennerz, auf dem Kopf einen ebenso gelben Südwester.

Kommissar Beckmann folgte ihm im Sicherheitsabstand. Hinter dem Haus sah er ein Lagerfeuer, um das andere bärtige Männer in derselben Kluft standen. Der von ihm Verfolgte gesellte sich dazu. Aus allen Richtungen kamen Opas mit grauen Bärten, es waren viele, sie alle trugen etwas im Arm, was sich bei näherem Hinsehen als überdimensional große Handgranate entpuppte.

Beckmann duckte sich hinter der Hausecke versehentlich in die Brennnesseln, suchte sich fluchend einen anderen Platz und beobachtete weiter die gelben Gestalten.

Auf ein geheimes Zeichen hin rissen plötzlich alle Männer die Sicherungen aus den Handgranaten und liefen schreiend auf Beckmann zu, ihre Bärte brannten lichterloh.

Es gab einen lauten Knall, Beckmann schmerzte der Kopf, er wälzte sich hin und her. In die Häkeldecke verheddert, war er aus dem Bett gestürzt und dabei mit dem Kopf auf der Kante des Nachttisches aufgeschlagen. Panisch versuchte er, sich aus der Decke zu befreien, er begann zu winseln, als es ihm nicht gelang. Er gab auf, weinte leise und fiel auf dem Fußboden neben dem Bett in einen traumlosen Schlaf.

37

»Enno Osmers, ›Ostfriesische Nachrichten‹«, rief Brunke am nächsten Morgen in die Gegensprechanlage des Bürogebäudes. *Sichern Sie sich jetzt Ihr Office Loft direkt an der Spree*, lockte ein am Haus befestigtes Banner, was so viel hieß wie: Das meiste war hier nicht vermietet, weil es vollkommen überteuert war. Der Summer erklang, Brunke stemmte sich gegen die große Glastür und stand kurz darauf im Aufzug. Er atmete tief durch und drückte auf die »6«, daneben war ein Messingschild mit dem Firmennamen »Windgeneering AG« angebracht.

Mit einem »Pling« öffnete sich die Lifttür im sechsten Stock, Brunke trat ins Foyer des lichtdurchfluteten Büros, eine junge Frau im Businesskostüm eilte auf ihn zu.

»Herr Osmers?«, fragte sie Brunke.

Der nickte.

»Schön, dass Sie da sind, herzlich willkommen bei der Windgeneering AG. Wir freuen uns über Ihr Interesse an unserer Arbeit. Unser Geschäftsführer wird in wenigen Augenblicken für das Gespräch mit Ihnen bereitstehen.«

Je länger die junge Frau sprach, umso weniger hörte Brunke zu, weil er überlegte, ob sie wohl echt war. Sie sprach wie ein Roboter, die Stimme war auf einen monotonen Freundlichkeitsmodus eingestellt und lief etwas zu schnell.

»Wenn Sie mir bitte folgen wollen«, drängte sich der Sprechautomat wieder in Brunkes Gedanken. Sie ging zwei Schritte voraus, um ihm dann mit einer einladenden Geste den Vortritt zu lassen.

Brunke schritt einen langen Gang hinunter, rechts und links gesäumt von Büros hinter Glas. Das Businesskostüm folgte ihm und rief: »Da vorne bitte links.«

Brunke bog ab in einen spartanisch, aber sichtlich teuer eingerichteten Konferenzraum mit bodentiefen Fenstern. Auf dem stahleingefassten Holztisch standen kalte Getränke bereit.

»Darf ich Ihnen einen Kaffee anbieten, einen Cappuccino vielleicht oder eine Latte macchiato?«, säuselte der Empfangsautomat.

»Nee, danke«, lehnte Brunke ab.

Aber sie ließ nicht locker. »Einen Tee vielleicht oder etwas anderes?«

»Danke, nein.«

»Dann einen kleinen Moment, Herr Dr. Wiesner wird jeden Moment bei Ihnen sein«, flötete die junge Frau und verschwand.

Brunke schlenderte zum Fenster und schaute auf die Spree. Ein Frachtkahn schipperte vorbei, ihm entgegen ein Touristendampfer mit Menschen, die Bier tranken.

»Herr Osmers«, ertönte es mit jovialer Stimme hinter Brunke.

Er dreht sich um. Mit raschen Schritten und ausgestreckter Hand kam ein Mann auf ihn zu wie auf einen alten Bekannten, den er lange nicht gesehen hatte. Der Herr des Hauses trug unter einem dunkel glänzenden Sakko ein etwas zu knappes weißes Hemd, das sich über seinen Bauch spannte, seine halblangen Haare waren ölig gescheitelt, in sein Gesicht hatten sich seine allabendlichen zwei Gin Tonic zu viel geschrieben.

»Schön, Sie bei uns zu haben, herzlich willkommen«, fuhr der Mann fort, dem offensichtlich dieselben Textbausteine einprogrammiert worden waren wie der Empfangsdame.

»Nehmen Sie doch Platz!« Mit großzügiger Geste wies er auf zwei Wildledersessel vor dem Fenster, die dort in einer Anordnung wie für eine Talkshow standen. »Können wir Ihnen etwas anbieten? Einen Kaffee oder vielleicht einen Cappuccino oder eine Latte macchiato?«

Brunke staunte, wie wenige Textvarianten mitgeliefert worden waren.

»Nein, vielen Dank, die junge Dame war schon so freundlich, mich zu fragen«, lehnte Brunke höflich ab.

»Ach, Tatjana, ja, sie ist ein Schatz«, wich der Mann, der sich nicht als Dr. Wiesner vorstellte, es aber wohl sein musste, kurz vom Protokoll ab. »Also, Sie sind von den ›Ostfriesen-Nachrichten‹?«

»›Ostfriesische Nachrichten‹, ja«, korrigierte Brunke.

»Toll! Toll, dass Sie den weiten Weg auf sich genommen haben!«, lobte Wiesner den Gast wie ein Vater seinen Jungen, der zum ersten Mal den Nachhauseweg von der Schule allein geschafft hatte. »Und vor allem, dass Sie sich für unsere Arbeit interessieren und sich selbst ein Bild machen wollen.« Wiesners bemühter Tonfall verriet, dass er sich schwertat, seine Aversion gegen die Presse zu überspielen.

Die Idee, als Journalist bei der Windgeneering AG aufzukreuzen, war an dem Abend mit Nick etwa zwischen der vierten und fünften Flasche Bier aufgekommen. Im Moment zweifelte Brunke, ob das so ein guter Plan war, Journalisten waren ja selten gern gesehen, wie er gerade wieder feststellte. Aber wenn er sich ein Schild mit »Schnüffler« an die Stirn klebte, würde es zumindest nicht auffallen, wenn er herumschnüffelte. Außerdem war es jetzt sowieso zu spät.

»Schön, dass Sie so kurzfristig Zeit hatten«, schleimte Brunke.

»Ja, immer doch. Wenn es irgendwie geht, versuche ich es einzurichten.« Wiesner beugte sich zu Brunke vor und senkte die Stimme. »Wissen Sie, die Leute vor Ort mitzunehmen, ist für uns das Allerwichtigste. Die Menschen haben ein Recht zu erfahren, was da vor ihrer Haustür passiert.«

Brunke schaute ihn unverwandt an.

Wiesner war offenbar nicht zufrieden mit dem Ergebnis seiner geheuchelten Empathie.

»Stimmt's?«, erzwang er Brunkes Zustimmung, und der nickte jetzt pflichtgemäß.

»Sehen Sie!« Wiesner lehnte sich zufrieden zurück. »Und, wie machen wir's?«, fragte er Brunke.

Der wusste nicht, was Wiesner meinte.

»Stellen Sie Fragen, oder erzähl ich Ihnen ein bisschen über unser Projekt?«

»Och, erzählen Sie man«, entschied Brunke sich. Er merkte, dass diese fortwährende Freundlichkeit eine einschläfernde Wirkung auf ihn hatte.

»Sehr schön.« Wiesner schien sich zu freuen, dass er keine

unangenehmen Fragen beantworten musste. »Machen Sie sich gar keine Notizen? Oder haben Sie so ein Aufnahmegerät?«

»Och so, natürlich.« Brunke nestelte in der Innentasche seines alten Leinensakkos, in dem er tatsächlich wie ein schlecht angezogener Journalist aussah. Zu seiner Beruhigung ertastete er in der Jacke ein Stück Papier und holte den gefalteten und zerknitterten Bogen hervor, dazu einen Stift.

Wiesner betrachtete skeptisch das Handwerkszeug des Ostfriesen und begann.

»Europas effizientester Windpark«, warf er hin und machte eine Pause. »In wenigen Jahren wird Ihre Region für immer mit dieser Erfolgsgeschichte verknüpft sein.«

Brunke kämpfte gegen seine Müdigkeit. Sechs Augustiner waren nicht ohne. Gedankenverloren malte er eine »6« auf seinen Zettel, was Wiesner aus dem Konzept brachte.

»Sechs ...«, las er mit und merkte, dass er sich hatte ablenken lassen. »Fünf... fünfhundert Rotoren liefern dreitausend Megawatt, also drei Gigawatt.« Wiesner ließ den Gigantismus wirken. »Das ersetzt zwei Atomkraftwerke«, setzte er nach.

Brunke nickte matt.

»Ganz schön viel Watt im Watt, watt?«, bemühte Wiesner einen offensichtlich schon oft von ihm strapazierten Scherz, um sein Gegenüber aus der Reserve zu locken.

Brunke lächelte mau.

Wiesner konnte es nicht glauben: Die waren ja tatsächlich wahnsinnig spröde, diese Ostfriesen. Er griff zum Hörer des Telefons, das auf dem Tischchen zwischen ihnen stand.

»Tatjana, zeigen Sie doch mal die Bilder«, sprach er und legte auf.

Sofort stand Tatjana in der Tür, als hätte sie schon davor gelauert. Sie schob eine Klappe in der Platte des Konferenztisches beiseite, betätigte einen Knopf, und ein Beamer warf Licht auf die Wand. In die Tischplatte war ein Laptop integriert, auf dem Tatjana jetzt Bilder ansteuerte. Sie zeigten die Brunke vertraute Küstenlinie. Nur, was er im Hintergrund erkannte, war ihm ganz und gar nicht vertraut: Da standen gigantische Windräder und davor mehrere im Bau befindliche Windkraftanlagen. Wiesner nahm Brunkes Verblüffung wahr und war zufrieden.

»Ja, da staunen Sie, was?«

»Stimmt.« Brunke dachte nach.

»Ist natürlich nur ein Modell, aber in ein paar Wochen geht's schon los«, frohlockte Wiesner.

»Hm«, machte Brunke geistesabwesend. Seine Gedanken wanderten ins Schutzgebiet. Warum hatte Eitel Wolters ihm nichts von dem Vorhaben erzählt?

»Beeindruckend, nicht wahr? Wir binden natürlich lokale Unternehmer ein«, betonte Wiesner und dachte, dass er diesem komischen Ostfriesen ja nicht auf die Nase binden müsste, dass er, kaum dass die Tinte trocken wäre, von der im Paragrafendschungel des Vertrags versteckten Option Gebrauch machen würde, die Bauleitung anderen zu übertragen.

»Sagen Sie, jetzt muss ich Sie mal was fragen«, schwenkte Wiesner um und sprach leiser. »Ich meine, als Journalist kennen Sie doch Land und Leute.«

Brunke nickte abwesend, und Wiesner fuhr ermutigt fort: »Sagen Sie, wie gefährlich ist OPA?«

Brunke schaute entgeistert. Was redete der Mann denn da? Das Businessgeschwätz, schön und gut, aber was fing der jetzt von seinem Opa an? Oder irgendeinem Opa? Brunke blickte zu Tatjana, um an ihrer Reaktion abzulesen, ob Wiesner gerade einen seiner womöglich schon bekannten Ausfälle hatte. Doch Tatjana lächelte ihr Automatenlächeln und sah interessiert zu Brunke, wie wohl seine Antwort ausfallen würde.

»Opa …«, versuchte Brunke sich Zeit zu verschaffen.

»Ja …«, bekräftigte Wiesner leise.

»Hm …«, machte Brunke.

»So schlimm?« Der gerade noch so optimistische Geschäftsmann wirkte plötzlich ängstlich.

»Tja …« Brunke hoffte, dass eine nebulöse Antwort den Manager veranlassen könnte, zu verraten, worum es überhaupt ging. »Schwer zu sagen …«, orakelte Brunke ins Blaue, »… je nachdem.«

»Unberechenbar?«, flüsterte Wiesner.

Brunke nickte bedächtig.

»Das ist genau das, was unser Mann vor Ort auch gesagt hat«, bestätigte Wiesner.

»Harms?«, hakte Brunke ein und begann endlich seine Recherche.

Wiesner nickte erschrocken.

»Sie kennen ihn?«

»Wer kennt ihn nicht«, faselte Brunke.

»Er sollte dezent operieren«, ärgerte sich Wiesner.

»Hat er, hat er«, beruhigte Brunke ihn und ließ dann einen Versuchsballon los: »Aber die Zahlungen …«

Wiesner erschrak und wedelte Tatjana aus dem Zimmer.

»Danke, Tatjana, Liebes, das war's erst mal. Wir melden uns, wenn wir was brauchen.«

Tatjana verließ den Raum, und sobald die Glastür ins Schloss geschnappt war, bestürmte Wiesner Brunke. »Was ist mit den Zahlungen? Was wissen Sie davon? Wieso wissen Sie überhaupt etwas? Wenn das nach außen dringt, sind Sie erledigt!«

»Keine Sorge.«

»Haben Sie in letzter Zeit Kontakt zu ihm gehabt?«, fragte Wiesner.

Brunke schüttelte langsam den Kopf. Es war ja schließlich schon eine Weile her, dass er Gary Harms im Sand vergraben hatte.

»Hab seit Tagen nichts mehr von ihm gehört«, erklärte Wiesner.

»Ich auch nicht«, antwortete Brunke wahrheitsgemäß.

»Nicht dass er OPA in die Hände gefallen ist.«

Brunke rätselte. War der Kerl denn komplett verrückt?

»Halten Sie das für möglich?«, setzt Wiesner nach.

»Dass er Opa in die Hände gefallen ist?«, wiederholte Brunke.

Wiesner nickte schnell.

»Tja …« Brunke wand sich.

»Also ja!« Der Businessmann wurde kreidebleich.

»Ich fürchte, ja«, traute Brunke sich. Wer auch immer dieser anscheinend skrupellose Opa war – am Ende könnte er ein ganz gutes Alibi für Brunke abgeben. Dann hatte eben Opa den guten Garrelt Harms verscharrt.

38

»Na, was ist denn mit Ihnen los?«, wunderte sich Marte.

»Mit mir?«, flüsterte Beckmann und hielt sich den Schädel. »Nichts, wieso?«

»Sonst sind Sie doch immer so fröhlich«, erklärte Marte.

»Ja, ich weiß auch nicht … nicht so gut geschlafen.«

Beckmann stand der Schweiß auf der Stirn, der Kaffee machte die Sache nicht besser, im Gegenteil. Er hatte das Gefühl, dass das Koffein den Alkohol in seinen Blutgefäßen noch mal in eine neue Umlaufbahn schickte.

»Opa« fiel ihm ein. Sein Traum von brennenden Bärten. Das Gespräch in der Gaststube. Schnapsgläser. Er erinnerte sich nicht, ob das Rätsel für einen kurzen Moment gelüftet gewesen war, bevor der Friesengeist den Vorhang wieder zugezogen hatte. Marte wollte er nicht fragen. Er wollte eigentlich nie mehr etwas fragen. Niemanden. Er wollte nicht mal an diesem Frühstückstisch sitzen. Er wollte schlafen. Ohne Träume. Aber es reichte nicht, dass ihm das nicht vergönnt war: Er hatte für heute die Durchsuchung der Vogelschutzinsel angesetzt. Es würde nicht mehr lang dauern, bis er wieder in so ein verdammtes Boot steigen müsste.

39

»Hallo.«

»Hallo.«

Sie schauten sich kurz und schüchtern an, dann suchten beide mit ihren Blicken anderswo Halt, an der Garderobe, am Treppengeländer. Sie trug immer noch ihren Pagenkopf.

»Komm doch rein«, sagte Isabella, nachdem sie einige Sekunden unschlüssig voreinandergestanden hatten.

»Ja, danke.« Brunke trat ein und sah sich um. »Neu gestrichen.«

»Ja, mir war mal nach Veränderung«, rief Isabella, die in der Küche verschwunden war.

Brunke nickte.

Isabella tauchte mit einem Tablett auf, darauf eine Teekanne, zwei Tassen, Sahnekännchen und Zucker.

»Und, geht's dir gut?«, fragte sie behutsam.

»Ja, danke, geht schon«, antwortete er wenig enthusiastisch, und sie verstand.

»Wann biste gekommen?«

»Gestern Abend.«

»Pennst bei Nick?«

Brunke nickte.

Isabella schenkte Tee ein, Brunke schwappte einen Schuss Sahne in seine Tasse. Isabella schöpfte mit ihrem Teelöffel Sahne aus dem Kännchen und versenkte ihn flach im Flüssigkeitsspiegel ihres Tees. Brunke beobachtete sie lächelnd.

»Und du hast ihn vergraben?«, fragte Isabella ungläubig.

Brunke nickte. »Ja. War nicht so schlau«, gab er zu. »Vielleicht auch wegen damals. Keine Ahnung.«

Beide beobachteten, wie die in Isabellas Tee versenkte Sahne langsam in symmetrischem Muster wieder an die Oberfläche stieg.

»Und jetzt?«, fragte Isabella.

Brunke zuckte mit den Schultern. »Jedenfalls nicht wieder ausgraben.«

»Dann lass ihn doch da und gut«, schlug Isabella vor. Sie hatte immer schon einen erstaunlichen Hang zum Pragmatismus. Brunke hielt sich nicht für kompliziert – was andere sicher anders sahen –, aber wo er sich für einen gradlinigen Denker hielt, fand Isabella trotzdem noch eine Abkürzung, das hatte er immer bewundert.

»Und wenn ihn doch irgendwann jemand findet?«, wandte Brunke ein. »Wenn die dann anfangen rumzusuchen und auf die Geschichte von damals stoßen, und ich war auf der Insel – prost Mahlzeit. Das war's dann.«

»Und was hast du vor?«

»Rausfinden, wer's war.«

Isabella schaute Brunke an, als hätte er ihr eröffnet, er wolle Tiefseetaucher werden.

»Oder zumindest, warum er umgebracht worden ist.«

»Hm.« Isabella dachte nach.

»Frauen«, fiel ihr dann ein.

Brunke war mit seinen Gedanken überall, aber nicht bei diesem Thema.

»Was? Quatsch!«

»Doch. Warum nicht. Eifersucht«, beharrte Isabella. »Ein beliebtes Motiv.«

»Du liest zu viele Krimis.« Brunke musste lächeln.

»Oder Zeitung«, wandte sie ein.

»Nee, mal im Ernst. Er hat Leute bezahlt«, erklärte Brunke. »Oder seine Firma, und er hat es abgewickelt«, schob er nach.

»Und wen?«, fragte Isabella.

»Tja. Keine Ahnung.«

Beide tranken ihren Tee, Isabella schenkte nach, es folgte die gleiche Sahneprozedur.

»Die bauen da Windräder«, sagte Brunke.

»Wo?«

»Da bei uns. Direkt neben dem Schutzgebiet.«

»Glaub ich nicht.«

»Doch.«

»Sicher nicht«, insistierte Isabella mit sanftem Nachdruck.

Beide nahmen einen Schluck Tee. Brunke mied eine weitere Debatte. Er wusste, wenn Isabella von etwas fest überzeugt war, war es unmöglich, sie umzustimmen.

Er ging in die Garderobe, kam mit den Kontoauszügen zurück, die er in Garys Koffer gefunden hatte, und legte sie vor Isabella auf den Tisch.

»Die hatte er bei sich.«

Isabella schaute die Auszüge durch. »Ui. Ganz schön viel«, sagte sie.

Brunke nickte.

»Aber vielleicht trotzdem nicht genug?«

»Hab ich auch schon dran gedacht«, sagte er. »Oder jemand hat nix abgekriegt.«

Isabella studierte die Papiere.

»Das ist alles in der Gegend da oben bei dir«, sagte sie zögernd, während sie die Auszüge durchblätterte.

»Was?«

»Na, die Empfänger. Da in der IBAN steckt doch die alte Bankleitzahl. Daran kann man grob sehen, in welcher Region die Bank sitzt.«

Brunke staunte und wunderte sich doch wieder nicht, denn eigentlich hatte er von Isabella nichts anderes erwartet als einen Geistesblitz – oder schlicht die Sachkenntnis der Bankkauffrau.

»Ich check das morgen mal. Reichen dir die Namen?« Sie grinste ihn an, und er grinste zurück.

»Noch 'nen Tee?«

»Gerne.«

»Wie lange bleibst du?«

»Ich fahre erst morgen.«

»Schön!« Sie lächelte ihn an, und er lächelte sehr froh zurück.

40

Beckmann stapfte über die Dünen. Er wusste nicht genau, was er suchte, der verschwundene Mann würde vermutlich nicht auf der Insel auf ihn warten. Aber vielleicht gab es doch eine Spur.

Ein Schwarm schwarz-weißer Vögel mit leuchtend roten Beinen flatterte auf, als Beckmann den Dünenkamm erreichte. Heftiger Wind blies ihm ins Gesicht, als er aus der Deckung der Anhöhe kam. Er entschied sich, mit der Windrichtung weiterzuwandern.

Er ging einige Schritte, da ertönte schrilles Pfeifen von allen Seiten, Vögel flatterten auf und umschwirrten ihn. Sie hatten Schnäbel, die Beckmann noch nie gesehen hatte, sie sahen aus wie türkische Dolche. Es wurden immer mehr, Dutzende, bald Hunderte, ihr Rufen wurde schriller, sie umflatterten den Kommissar und stießen auf ihn nieder, der erste traf Beckmann mit seinem Schnabel am Kopf, dann ein zweiter.

Beckmann hob schützend die Arme über den Kopf, duckte sich und lief gebückt zurück hinter die Düne, über die er gerade gekommen war, verfolgt von einem Geschwader der angriffslustigen Vögel. Er war mitten in das Brutgebiet von Säbelschnäblern geraten.

Einige Schritte hinter dem Dünenkamm warf er sich schützend in den Sand und lugte vorsichtig aus seiner Deckung hervor. Die Verfolger hatten abgedreht. Hitchcock war ein echter Stümper, dachte er.

Beckmann fühlte sich klein in so viel Natur, und dieses Gefühl mochte er überhaupt nicht. Er klopfte sich den Sand vom Poloshirt und sah, dass er sich nur wenige Zentimeter neben ein Nest hatte fallen lassen, in dem zwei flauschige Küken saßen. Sie waren schwarz. Er erschrak – nicht nur, weil er sie fast zerquetscht hätte, sondern auch wegen ihrer seltsamen Farbe. Er dachte sofort, dass schwarze Küken sicher Unglück brachten – auf jeden Fall, wenn man sie unter sich begrub. Er hatte noch nie davon gehört, dass es überhaupt schwarze Küken gab, und dachte an einen bösen Wink des Schicksals, den er nicht verstand. Er fühlte sich beobachtet, sah sich um, aber entdeckte niemanden.

Er duckte sich neben das Nest, hinter dem Gras bewegte sich etwas. Oder jemand. Plötzlich ertönte ganz nah hinter ihm ein mechanischer Laut: »krek krek«. Beckmann ließ seinen Kopf herumschnellen, sah aber nichts und niemanden in der Richtung, aus der der Laut gekommen war. Und wieder: »krek krek«. Jetzt bewegte sich auch hier etwas. Lud da jemand eine Waffe? Jetzt erklang dasselbe Geräusch auch von der anderen Seite. Er war umzingelt!

Das »krek krek« wiederholte sich von beiden Seiten. Er war in der Unterzahl. Beckmann duckte sich tiefer ins Dünengras.

Der Kommissar tastete nach seinem Holster, griff die eigene Pistole, zog sie geräuschlos heraus … – da gab es einen infernalischen Knall, der ihn zusammenzucken ließ. Tausende Vögel stoben auf, die Luft war angefüllt von ihren Lauten, Geflügel aller Größen flog durcheinander, Schwalben, Möwen, Austernfischer, Knutts, um sich eine Weile später zu halbwegs nach Arten geordneten Schwärmen zu sammeln und wieder zu landen.

Beckmann entsicherte seine Waffe. Er reckte vorsichtig den Kopf über die Düne, um zu sehen, woher das Geräusch gekommen war. In der Nähe des Anlegers stieg eine kleine Rauchsäule auf.

Er erhob sich vorsichtig, schaute sich in seiner Nähe um, von wo er das mechanische Geräusch zuvor vernommen hatte, sah niemanden, lief, sich immer wieder umblickend, mit der Waffe in der Hand durch die Dünen und achtete darauf, keine schwarzen Küken zu zermalmen. Es war ein komplizierter Hindernislauf zwischen Nestern diverser Vogelarten.

Als der Bootsanleger in Sichtweite kam, verlangsamte Beckmann seinen Schritt. Er war außer Atem – und realisierte, dass sein Boot nicht mehr zu sehen war. Er kam noch näher und erkannte, dass es neben dem Anleger langsam im Wasser versank. Nur noch Bug und Heck ragten aus den Fluten, als hätte es jemand in der Mitte zerschlagen. So ähnlich war es wohl auch gewesen: Der Knall hatte offenbar von einer Explosion hergerührt, jemand hatte den Kahn mit einer ordentlichen Ladung Sprengstoff in die Luft gejagt. In der Ferne sah der Kommissar ein Boot mit Außenborder davonfahren, darin eine einzelne Gestalt.

Beckmann wusste nicht, ob er hinterherlaufen, schreien oder etwas anderes tun sollte, und verharrte wie gelähmt. Progressive Muskelentspannung war einfach ein zu schwaches Instrument.

Alles Nachdenken führte zu keiner genialen Eingebung, es gab nur eine Lösung, leider. Beckmann fummelte nervös an seinem Telefon herum. Schließlich fand er die Nummer von Eitel Wolters. Der würde nicht begeistert sein, wenn er ihm eröffnete, dass er unangemeldet auf die Vogelschutzinsel gefahren war …

»*Wo* sind Sie?«, blökte Eitel ins Telefon.

»Ich … ach … Sie, ich musste …« Beckmann schaute auf sein Telefon, die Verbindung war abgebrochen. Am Netz lag es nicht.

Eitel Wolters brauste mit hoher Geschwindigkeit an den Anleger heran, riss das Ruder in letzter Sekunde herum und drosselte zugleich den Motor, sodass das Boot perfekt parallel zum Anleger zum Halten kam, allerdings nicht, ohne zuvor den darauf stehenden Beckmann mit einer ordentlichen Fontäne zu duschen. Stumm wartete Eitel, bis der begossene Kommissar einstieg, in der Hand sein verbranntes Halstuch, das er aus den Trümmern des untergegangenen Bootes gerettet hatte. Traurig blickte der Naturschutzwart auf die untergehenden Reste seines Lieblingsbootes, mit dem er jahrzehntelang zur Insel gerudert war.

Eitels motorisierte Barke wackelte, aber er machte keinerlei Anstalten, dem haltsuchenden Ermittler zu helfen, sondern drehte am Gasgriff. Beckmann plumpste auf die Holzbank und klammerte sich am Bootsrand fest. Schweigend saßen sie sich gegenüber und schnitten mit einer ordentlichen Bugwelle durch die unruhige See.

»Ihr Vogelwart ist nicht auf der Insel«, brüllte Beckmann gegen

Wind und Motor an, um seinen unerlaubten Besuch halbwegs mit einem verdächtigen Umstand zu legitimieren.

Eitel schaute an Beckmann vorbei in Richtung Festland.

»Lieber einer zu wenig auf der Insel als einer zu viel«, war seine Antwort.

Es waren die einzigen Worte, die die Männer wechselten, bis Eitel das Boot wieder festmachte. Sie stiegen aus, Eitel eilte zu seinem Auto.

Erst jetzt fiel dem Kommissar ein, dass er vor lauter Aufregung gar nicht mehr im Haus des Vogelwärters nach verwertbaren Hinweisen gesucht hatte. Er stand in seinem nassen Polohemd da und sah Eitel hinterher, der sehr knapp an ihm vorbei davonfuhr.

41

»Natürlich … ja, das ist uns bewusst. Selbstverständlich. Ich kümmere mich persönlich darum.« Dr. Wiesner schaute den Telefonhörer an, sein Gesprächspartner hatte gerade grußlos das Gespräch beendet.

Wiesner legte auf, schaute vor sich hin und spielte mit den Fingern der rechten Hand mit dem Siegelring, den er an der linken trug. »Todo pasa« war dort eingraviert, »Alles geht vorbei«.

»Arschloch«, murmelte Wiesner und griff wieder zum Hörer.

»Tatjana, Liebes«, säuselte er matt ins Telefon, und einen Moment später stand das Liebe im Raum.

»Und?«, fragte er.

Tatjana schüttelte den Kopf.

»Haben Sie in dem Hotel angerufen?«

Tatjana nickte.

»Die haben die Polizei gerufen, weil er seine Rechnung nicht bezahlt hat.«

»Na, die haben Sorgen.«

»Wir sollen die Rechnung begleichen, wenn er für uns gearbeitet hat, hat der Mann gesagt.«

»Der war merkwürdig«, schob sie nach, doch Wiesner hörte schon nicht mehr zu.

»Dieser Journalist ist weg?«, fragte er.

Tatjana nickte.

»Vielleicht hätte der irgendetwas gewusst.« Wiesner überlegte. »Hat der eine Karte dagelassen?«

Tatjana schüttelte den Kopf.

Wiesner schaute geradeaus, er dachte nach. Tatjana beobachtete ihn dabei mit einem eichhörnchenartigen Blick.

»Ich nehm das jetzt in die Hand«, verkündete der Chef seinen Ratschluss. »Buchen Sie mir einen Flug.«

»Wohin denn?«

»Ja was weiß ich, Leer oder Emden oder wie das da heißt, oder wo man da eben hinfliegen kann.«

Tatjana nickte. »Und für wann?«

»Heute. Jetzt. Sofort«, befahl er.

Tatjana nickte und verschwand. Wiesner drehte an seinem Siegelring. Er stand auf, schaute aus dem Fenster auf die Spree und beobachtete einen Lastkahn, der flussabwärts schipperte. Ihm kam ein Touristendampfer entgegen, auf dessen Deck Menschen Bier tranken und gute Laune hatten.

Tatjana trat wieder ein.

»Also, Sie können von Tegel nach Bremen fliegen, allerdings nur mit Umsteigen in München, direkt gibt es da nichts, von dort geht es dann mit der Bahn nach Emden weiter, oder Sie steigen in Frankfurt um und –«

»Wollen Sie mich auf den Arm nehmen?«

Tatjana schüttelte entgeistert den Kopf. Humor hatte ihr nun wirklich noch nie jemand vorgeworfen.

»Oder Sie fliegen nach Groningen in Holland, das ist nicht so weit, allerdings geht der Flug nur über Dublin …«

»Haben Sie mal auf die Karte geguckt, was das für idiotische Umwege sind?«

Tatjana schüttelte wieder ihr Haupt, diesmal schuldbewusst.

»Wie lange dauert der Quatsch?«, fragte Wiesner etwas gnädiger.

»Über Bremen Abflug um fünfzehn Uhr zweiundzwanzig, Ankunft um dreiundzwanzig Uhr vierundfünfzig.«

»Vergessen Sie's«, winkte Wiesner ab. »Buchen Sie mir eine Bahnfahrt. Das wird ja wohl ohne Reise kreuz und quer durch die Republik möglich sein.«

»Sicher.« Tatjana erlaubte sich eine Spitze im Ton und verschwand. Sie konnte ja auch nichts dafür, dass es keine direkte Flugverbindung in diese abseitige Region gab.

Wiesner schaute hinaus. Unten auf der Spree begegneten sich zwei Touristendampfer, auf denen gut gelaunte Menschen Bier tranken.

»Umsteigen in Hannover und Bremen, Fahrtzeit viereinhalb

Stunden«, verkündete Tatjana, die unbemerkt wieder ins Zimmer gekommen war.

»Hm«, brummte Wiesner, was seine Assistentin ihrer Erfahrung gehorchend als Zustimmung verstand.

42

Thees kam mit zufriedenem Grinsen um die Hofecke.

»Jella!«, rief er überrascht, als er die Frau seines Freundes auf der Bank vorm Haus sitzen sah.

»Wo ist er?«, fuhr Jella ihn unvermittelt an.

»Der muss aufm Weg nach Hause sein«, sagte Thees arglos. »Vielleicht hast du ihn gerade verpasst.«

»Nicht er! Du weißt genau, von wem ich rede!« Jella wurde laut.

»Nö. Ach, so meinst du. Nö«, antwortete Thees. »Weiß ich doch nicht.«

»Thees ...« Jella wollte ihm ihre zwingende Argumentation ausbreiten, laut der Thees auf jeden Fall etwas wissen müsse, aber sie brach den Versuch ab. Denn streng genommen hatte sie nichts in der Hand, das wurde ihr gerade klar. Es war nur ein Verdacht, wenn auch ein berechtigter, wie sie meinte.

»Wieso soll ich das wissen«, untermauerte Thees seine Ahnungslosigkeit. »Machst was trinken?«

»Nee, danke!«, schnaubte Jella und ging mit großen Schritten zu ihrem Fahrrad.

Mit kräftigen Tritten radelte sie gegen den Wind. Vielleicht täuschte sie sich ja auch wirklich, das konnte sie nicht ganz ausschließen. Am Ende war Thees ja doch ein gutmütiges Schaf, dem man im Grunde nichts Böses unterstellen durfte. Sie begann, sich ein bisschen zu schämen für den Verdacht und ihren Auftritt. Sie hatte nur so gar keine andere Erklärung gefunden, und die, in die sie sich ein wenig verrannt hatte, wie sie jetzt selbst zugeben musste, war ihr fast lieber gewesen als die viel banalere, aber wohl doch wahrscheinlichere Lösung ihres Rätsels. Die wäre weniger schmeichelhaft und sogar verletzend, aber am Ende wäre es die bessere, denn dann wäre ihm zumindest nichts passiert. Und auch wenn Jella erst stinksauer war und dann besorgt über sein plötzliches Verschwinden, wollte sie doch nicht, dass ihm etwas zugestoßen war. Dazu mochte sie ihn einfach zu gern, auch wenn er jetzt nicht mehr da war und sich womöglich schlicht feige aus dem Staub gemacht hatte.

Oder die Jungs hatten ihm gedroht und er wartete, bis sich die Wogen geglättet hätten, und er würde eines Tages wiederkommen … Dass es nur ein Strohfeuer gewesen war von seiner Seite, das wollte sie einfach nicht glauben.

Thees blieb auf seinem Hof zurück. Als Jella aus seinem Blickfeld verschwunden war, setzte er sich auf die Bank. Vor ein paar Monaten war ihre Welt noch in Ordnung gewesen. Und jetzt ging alles drunter und drüber. Verkaufen hatten sie ja alle nicht wirklich wollen, aber Malte hatte diesen Plan. Einen super Plan. Und seinen alten Kumpel.

Die Anträge, alles lief perfekt. Ebbo hatte die Bauleitplanung auf den Weg gebracht, nur die Unterschriften fehlten noch: Da gab es ja diese Terroristen, die alles gefährdeten und die man ruhigstellen musste. Als Bauunternehmer hatte Malte firmiert mit seinem Baustoffhandel. Dass bei ihm nur fünf Sack Zement im Hof standen, musste ja keiner wissen. Thees hatte die gemeinsame Vision in kleinem Maßstab Wirklichkeit werden lassen. Und statt dankbar zu sein, weil das alles ohne ihn überhaupt nichts geworden wäre, hackten nun alle auf ihm rum.

Betrübt ließ Thees den Kopf hängen und spielte mit dem Fuß mit einem Kieselstein.

43

Beckmann betrat das Gasthaus »Bremermann«. Auf dem Weg zu seinem Zimmer, in das er sich leise verziehen wollte, begegnete ihm Marte.

»Was haben Sie denn gemacht?«, fragte sie mit Blick auf seine durchnässte Kleidung.

»Ach … lange Geschichte.« Er versuchte gar nicht erst, es zu erklären. »Nicht so wichtig.«

Ihm ging der Satz »Auf mich wurde ein Anschlag verübt!« durch den Kopf, vorgetragen mit staatstragender Miene, aber er hatte nicht das Gefühl, dass die Wirtin die ganze Dimension dieses Verbrechens erfassen und in Mitgefühl ausbrechen würde.

»Denn brauchen Sie vielleicht'n Schnaps«, meinte sie und zeigte in Richtung der Gaststube, als hätte er den Satz doch ausgesprochen. Vielleicht hatte Beckmann sie unterschätzt, und sie spürte, dass er um Haaresbreite einem Mordanschlag entgangen war. So sah er das Erlebnis auf der Insel jedenfalls.

Beckmann wechselte sein Polohemd gegen eines mit grünem Paisleymuster, legte sich auf die Häkeldecke und versuchte, Ordnung in seine Gedanken zu bringen. War das wirklich ein Sprengstoffanschlag gewesen? Dann wäre es ein Fall für das LKA, völlig klar. Aber wenn er die alarmieren würde, wäre er aus dem Fall raus. Er hätte nicht nur nichts rausgekriegt, sondern der Fall wäre eskaliert, während er daran arbeitete, womöglich sogar verursacht durch seine Recherchen. Das würde man ihm in die Schuhe schieben. Er kannte Ostfriesland inzwischen schon einigermaßen und ahnte, dass es noch verlassenere Ecken gab als diese, und die dritte Strafversetzung in Folge in die immer tiefere Provinz wollte er auf keinen Fall riskieren. Er würde den Fall selbst klären, beschloss er. Komme, was da wolle. Dann schlief er ein.

Beckmann verließ sein Zimmer, ging hinüber in die Gaststube, und auf dem Tisch, der inzwischen sein Stammplatz geworden war, stand schon ein Schnaps.

»Moin«, passte Beckmann sich den Gepflogenheiten an, setzte sich, hob das Glas grüßend in Ebbos Richtung und trank. Ebbo kam mit zwei Bieren an den Tisch und setzte sich.

»Na, was denn passiert?« Ebbo beugte sich vertrauensbildend zu Beckmann wie ein Psychologe, der einen Traumapatienten aufbauen wollte. Die Methode zeigte Wirkung, Beckmann sagte seinen Satz.

»Auf mich wurde ein Anschlag verübt!«, sagte er feierlich.

Ebbo lehnte sich zurück.

»Nee!«, entfuhr es ihm ungläubig, doch Beckmann nickte bekräftigend. Ebbo schwieg als guter Therapeut und wartete, dass Beckmann zu erzählen begann.

»Auf der Insel«, begann er. »Ich hatte da so einen Verdacht.«

Ebbo nahm einen Schluck Bier.

»Plötzlich dieser Knall.« Beckmann brachte keine chronologische Erzählung zustande.

»Ich hätte tot sein können«, steigerte er sich in die Idee überstandener Lebensgefahr hinein.

»Sie haben das Boot gesprengt«, warf er Ebbo als dramatischen Höhepunkt hin.

»Wer, ›sie‹?«, hakte der jetzt ein.

Beckmann zuckte mit den Schultern.

»Keine Ahnung«, musste er zugeben. »Einer war es. Ich hab ihn gesehen.«

»Haben Sie ihn erkannt?«, fragte Ebbo skeptisch.

»Nee, nur gesehen. Er war schon zu weit weg.«

Die Wanduhr schlug, es war halb acht. Die Tür zur Gaststube ging auf, Malte und Thees kamen herein, sagten »Moin«, Malte steuerte auf den Sparkasten neben der Tür zu, Thees auf den Spielautomaten, kurz und hektisch erklang »Muss i denn, muss i denn …«. Ebbo erhob sich, zapfte zwei Bier, die Uhr tickte, die Männer schwiegen. Als die Biere fertig waren, brachte Ebbo sie zu Malte und Thees an den Tisch.

»Der Herr Kommissar wäre heut fast umgebracht worden«, eröffnete er den beiden und nickte zu Beckmann rüber.

»Nee!«, machte Thees.

»Nee, ne?«, sagte Malte.

Beckmann genoss die gefühlte Bestürzung und nickte.

»Wie das denn?«, fragte Thees.

»Auf der Insel. Der Vogelinsel. Mein Boot gesprengt. Puff!« Beckmann untermalte die Kurzversion mit einer beidhändigen Geste, die die Sprengung symbolisieren sollte.

»Was haben Sie denn auf der Insel gemacht?«, fragte Thees provozierend.

Malte hob mahnend die Hand. »OPA«, sagte er.

Ebbo und Thees nickten.

»Hab ich auch gleich dran gedacht«, sagte Ebbo.

Alle drei nickten.

»Was? Wie? Opa?«, Beckmann fiel wieder ein, dass dieses Thema neulich im Schnaps sozusagen untergegangen war.

»Ja. OPA. O-P-A«, erklärte Ebbo. »Sie erinnern sich?«

»Ja. Nein, also ...« Beckmann erinnerte sich in diesem Moment aus irgendeinem Grund an seinen Jauchetraum und sonst gar nichts.

»Ostfriesische Patrioten-Armee«, lüftete Ebbo das Geheimnis.

Beckmann schaute verwirrt. »Ostfriesische Patrioten-Armee?«, wiederholte er.

»Ja.« Alle drei nickten.

»Die wollen, dass alles so bleibt, wie es ist.«

»Heimatschutz«, ergänzte Thees.

»Die schrecken vor nichts zurück«, setzte Malte nach.

»Terroristen«, erklärte Ebbo.

»So Umweltterroristen«, präzisierte Malte.

»So wie die von Greenpeace oder so«, erklärte Thees.

»Nur schlimmer«, fügte Ebbo hinzu.

»Also Moment ...«, begann Beckmann.

Es wurde ein langer Abend. Die drei Einheimischen erklärten dem Ermittler, dass die »Ostfriesische Patrioten-Armee« sich zum Ziel gesetzt hatte, alle fremden Einflüsse aus der Region fernzuhalten und Großprojekte zu verhindern, die die Natur Ostfrieslands gefährden könnten. Dazu zählten sie Fracking-Anlagen zur Gasgewinnung und genauso Windkraftanlagen, aber auch Hotelneubauten und Golfplätze.

Malte, Thees und Ebbo kamen auf jungpaläolithische Rentierjäger, Heerkönige und die Römer, auf Karl den Großen, die Friesische Freiheit und den historisch und vermutlich inzwischen längst auch genetisch bedingten Freiheitsdrang der Ostfriesen zu sprechen, und zwischendurch staunte Beckmann, was in diesen vermeintlich sturen Bauernschädeln alles an Wissen schlummerte und welche Fremdworte sie über die Lippen brachten, selbst nach vielen Schnäpsen. An denen wiederum lag es dann allerdings auch, dass Beckmann von all den Erzählungen nicht viel mehr in Erinnerung blieb, als dass er es mit einer terroristischen Vereinigung zu tun hatte, also nicht nur ein Fall fürs LKA, sondern sogar fürs BKA, vor allem aber ein Fall für Beckmann, der die Sache zumindest so weit recherchieren und aufbereiten wollte, dass seine Beförderung zur Zwangsläufigkeit wurde.

44

Brunke machte das Boot fest, wuchtete seinen Rucksack und einen Bierkasten auf den Anleger und stieg hinterher. Als er nach seinem Gepäck griff, stutzte er: Aus dem Wasser ragte die hölzerne Spitze eines Bugs. Er überlegte, ob er ihn all die Tage übersehen haben konnte und dort schon länger ein gesunkenes Boot gelegen hatte. Er konnte es sich kaum vorstellen, andererseits: Wie sollte das Wrack in der Zwischenzeit hierhergekommen sein?

Brunke schnappte sich Rucksack und Bierträger und ging zur Hütte. Die Wolken trugen ein freundliches Grau und ließen gelegentlich die Sonne durch, der Wind war kräftig, aber nicht kalt. Brunke streckte die Nase in die Luft und atmete tief durch.

Den Inselrundgang hatte er noch nie als so schön empfunden: Er hatte das unablässige Gesabbel der Menschen endlich wieder hinter sich gelassen. Hier waren es nur noch Möwen, die kreischten, und Geschnatter kam einzig von den Eiderenten. Brunke überlegte, ob den Vögeln das permanente Geschrei und Gesinge ihrer Artgenossen vielleicht ebenso auf den Wecker ging wie ihm die Quasselstrippen im ICE.

Vorsichtig strich Brunke über die Dünen, und als er in einer Senke das Nest der Wachtelkönige mit den beiden schwarzen Küken entdeckte, strahlte er. Für einen kurzen Moment hatte er den Eindruck, dass sich neben dem Brutplatz ein zugewehter Fußabdruck befand, aber das konnte ja nicht sein. Er beobachtete eine Gruppe Knutts, die sich, im Sand stochernd, langsam im ablaufenden Wasser über das Watt voranarbeitete wie eine Straßenreinigerkolonne.

Am Tisch auf der Veranda füllte Brunke das Buch aus, in dem die Vogelbeobachtungen festgehalten wurden. Er trug den Wachtelkönignachwuchs ein, und für die Zeit seiner Abwesenheit bildete er einen Mittelwert der Zählungen aus den anderen Tagen, damit keine Lücke klaffte und womöglich Fragen aufkommen konnten. Die Königsfamilie würde er der »Avifaunistischen Kommission Niedersachsen und Bremen« melden, die würden Augen machen. Er holte sein Mobiltelefon, das er sonst nur ungern zur Hand nahm, um im Internet zu prüfen, ob es eine Möglichkeit zur Meldung mit Belegfotos gab. Nicht dass hier noch jemand über die Insel stapfen musste, um seine Beobachtung zu bestätigen.

Er entdeckte, dass während seines Inselrundgangs eine Nachricht eingegangen war, und hörte die Mailbox ab. Es war Isabella, die angerufen hatte.

»Moin, du Friese. Hoffe, du bist gut angekommen und hast die Bahnfahrt überlebt. Also, Malte Broers, Broers mit ›O-E‹, Thees Bullerjahn, Ebbo Hinrichs und Lübbe Trimmel sind die Zahlungsempfänger. Lustige Namen habt ihr da oben, aber das wusste ich ja schon. Schön war's! Bis hoffentlich bald, du Flüchtling. Grüß mir die Vögel. Kuss.«

Brunke schmunzelte und hörte die Nachricht gleich noch mal ab. Erst nach dem zweiten Durchgang drang ihr Inhalt in sein Bewusstsein vor: Die alten Kneipengänger, der Wirt und noch irgendwer hatten also Geld von Gary kassiert. Aber wofür?

Und hätten sie ihn umgebracht, wenn er ihnen doch regelmäßig Geld überwiesen hatte, wofür auch immer? Einerseits war Brunke jetzt etwas schlauer, andererseits fühlte er sich plötzlich noch viel weiter von einer Lösung entfernt – denn dass jemand einen großzügigen Geldgeber umbrachte, wäre ja bestenfalls mit größter Idiotie zu erklären. Oder doch Eifersucht? Isabellas Idee kreuzte kurz durch Brunkes Hirn, aber er verwarf sie gleich wieder.

Brunke holte sich ein Mittagsbier aus dem Kühlschrank, setzte sich auf die Veranda und schaute auf das Wattenmeer. Der Wetterbericht sagte heute vermutlich »heiter bis wolkig«, und nur wenige wussten, wie heiter auch das Wolkige war: Tausende Vögel wimmelten über den feuchten Sand auf der Suche nach

Muscheln und Würmern. Dahinter war ein schmaler Streifen Meer zu sehen, changierend zwischen Grau, Grün und Braun mit weißen Schaumkronen. Die Wolken darüber trugen alle Farben, die keine grünen Anteile hatten, dachte Brunke, sie waren orange und violett, blaugrau und weiß, glutrot und fast schwarz. Die Luft war klar wie nirgendwo in einer Stadt.

Brunke freute sich am Licht, das durch die Wolken auf spiegelnde Flächen traf. Er lauschte auf die Geräusche der Natur, den Wind, die Rufe der Vögel – und plötzlich betrübte ihn die Vorstellung sehr, dass hier bald riesige Windräder rotieren sollten.

45

»Macht fünfundachtzig siebzig«, krächzte der Fahrer unter seiner Schirmmütze, während er das Taxameter abstellte.

Dr. Wiesner kramte entnervt ein durch eine Klammer zusammengehaltenes Bündel Geldscheine aus der Hosentasche. Die Fahrt war ihm schier endlos vorgekommen, und der Fahrpreis sprach dafür, dass sie es auch gewesen war. Es war über Straßen gegangen, die kilometerlang geradeaus führten, vorbei an Weiden, auf denen vereinzelt Kühe standen, jede einzelne hatte anscheinend einen Hektar Platz. Baugrund ohne Ende, hatte Wiesner gedacht, und vor seinem inneren Auge erhoben sich riesige, fensterlose Lagerhallen aus den Wiesen, Wohntürme an der Küste und Windkraftanlagen, die diese Siedlungen mit Strom versorgten.

Wiesner zog einen Hunderter aus seinem Geldbündel, reichte ihn nach vorne und raunzte: »Stimmt so. Und 'ne Quittung.«

»Dascha großzügig. Danke. Jawoll, Quittung kommt.« Mit seiner knochigen, altersfleckigen Hand tastete der Fahrer oberhalb der Sonnenblende nach dem Quittungsblock, wurde aber nicht fündig. Er kramte in der Mittelkonsole, doch auch unter vielen Kugelschreibern, Talismanen und Schlüsselanhängern fand sich nichts. Er suchte in der Ablage unterhalb des Lenkrads, nahm Kreuzworträtselhefte heraus, aber: kein Quittungsblock.

»Na«, murmelte er und beugte sich zum Handschuhfach. Er erreichte es nicht und löste seinen Gurt. Jetzt konnte er die Klappe öffnen, und ein halbes Dutzend Musikkassetten purzelte heraus.

Auf der Rückbank versuchte Wiesner, die Beherrschung zu bewahren. Hätte er doch nur seinen verfluchten Führerschein nicht abgeben müssen! Er wäre ja mit dem eigenen Auto schneller aus Berlin hier gewesen, als er mit dem greisen Droschkenkutscher von Emden in dieses gottverlassene Dorf gebraucht hatte!

»Gibt's ja wohl nich«, wunderte sich der Wagenlenker. Er begann die Suche von vorne, klappte die Sonnenblende über sich herunter – und der Quittungsblock fiel ihm in den Schoß.

»Da bist du ja«, scholt er liebevoll das Fundstück, griff einen Kugelschreiber aus der Mittelkonsole und krakelte drauflos, doch das Schreibgerät versagte. Der vierte Kugelschreiber war es, der schließlich funktionierte.

»Was haben wir heute für'n Datum?«, fragte der Fahrer über die Schulter.

»Dreizehnter«, antwortete Wiesner sehr laut und überdeutlich.

Nach zwei Minuten war die Quittung ausgefüllt, wenn auch unleserlich. Der Fahrer reichte sie nach hinten.

»Bitte schön. Noch'n schönen Tach«, wünschte er.

Wiesner stieg wortlos aus.

»Ach, Ihr Gepäck«, fiel dem Chauffeur ein, aber Wiesner hatte schon die Tür hinter sich zugeworfen, war zum Heck des Wagens gegangen, hatte seinen Alukoffer aus dem Kofferraum gehoben und den Deckel heftig zugeschlagen, bevor der Fahrer überhaupt seine Tür öffnen konnte. Der startete seinen Mercedes, der ihm seit 1984 treue Dienste leistete, und fuhr in sehr ruhigem Tempo davon.

»Festina lente«, dachte der Fahrer bei sich, »eile langsam«, das hätte er dem hektischen Fahrgast noch mit auf den Weg geben sollen. Er konnte nicht ahnen, dass Wiesner bei Festina ohnehin nur an seine teure Armbanduhr gedacht hätte.

Wiesner betrachtete das reetgedeckte Gebäude der Pension »Bremermann«. Sehr vertrauenerweckend sah es nicht gerade aus, aber der Taxifahrer hatte behauptet, es sei das beste und nicht zuletzt auch einzige Quartier in der Gegend.

Wiesner trat ein, stand in der dunklen Diele und rief: »Hallo?«

46

»Das ja schön, dass wir Sie auch mal persönlich kennenlernen«, begrüßte Ebbo den neuen Gast.

Wiesner füllte den Anmeldebogen aus, und Ebbo händigte ihm den Schlüssel für Zimmer »1« aus.

»Da hat Ihr Mitarbeiter auch drin gewohnt.«

Wiesner stutzte. »Und jetzt wohnt er da nicht mehr?«

»Nö«, bestätigte Ebbo. »Der ist ja verschwunden.« Er schaute Wiesner unverwandt an. »Ich dachte, deswegen wären Sie wohl da.«

»Ja, schon, aber ich meine, was heißt denn verschwunden? Und wieso hat er sein Zimmer nicht mehr?«

»Na, wenn er wech ist, braucht er ja auch kein Zimmer.«

Dieser Logik konnte Wiesner sich nicht ganz verschließen, fand aber doch ein Gegenargument.

»Was meinen Sie denn mit ›verschwunden‹? Der kann doch jeden Moment wieder auftauchen.«

»Glaub ich nicht«, meinte Ebbo skeptisch.

Marte kam aus der Küche.

»Das ist der Herr von der Firma, für die der Herr Harms gearbeitet hat«, erklärte Ebbo ihr.

»Ach«, machte Marte und musterte den Fremden.

»Wieso ›gearbeitet hat‹? Ich hab ihn ja nicht rausgeschmissen«, scherzte Wiesner, traf aber auf kein dankbares Publikum. »Gut, er ist mal abgetaucht, weiß der Teufel, vielleicht eine Frau …«

»Was denn für 'ne Frau?«, raunzte Ebbo.

»Ja was weiß denn ich, irgendeinen Grund wird es schon geben, dass er sich nicht meldet«, sagte Wiesner.

»Das stimmt«, bestätigte Ebbo.

»Wir kriegen noch Geld von ihm«, schob Marte ein.

»Oder von Ihnen«, setzte Ebbo nach. »Ich meine, immerhin war … ist er Ihr Mitarbeiter.«

»Ja, richtig, meine Assistentin sagte mir, dass da wohl noch etwas offen ist, natürlich begleiche –«

»Achtunddreißig«, unterbrach Marte ihn.

»Bitte?«

»Achtunddreißig Euro macht das«, erklärte Marte, »und für Sie auch. Wie lange bleiben Sie?«

»Äh, ich weiß nicht, also bis ich mich ein bisschen umgeschaut und den Kollegen gefunden habe …«

»Na, das kann ja dauern«, sagte Marte.

»Der Kommissar findet ihn ja schon seit Tagen nicht«, erklärte Ebbo die Einschätzung seiner Frau.

»Was für ein Kommissar?«

»Wie lange ist der jetzt schon da?«, erkundigte sich Ebbo bei seiner Frau.

»Vier Tage«, sagte Marte.

»Ein Polizeikommissar«, beantwortete Ebbo jetzt Wiesners Frage. »Also machen wir bei Ihnen auch mal vier Tage.«

Ebbo griff einen Bleistift von der Theke, leckte ihn an, kramte einen alten Briefumschlag hervor und begann auf dessen Rückseite eine schriftliche Multiplikation.

»Wieso Polizei?«

»Weil er nicht bezahlt hat«, erklärte Ebbo. »Ihr Herr Harms.« Er murmelte Zahlen vor sich hin, rechnete, strich wieder etwas durch, schrieb neu.

»Hundertneunzig«, präsentierte er schließlich sein Ergebnis.

»Vier mal achtunddreißig sind hundertzweiundfünfzig, und die achtunddreißig von dem Herrn Harms dazu macht hundertneunzig«, erläuterte er.

Wiesner kramte sein Geldbündel heraus, zog zwei Hunderter aus der Klammer und klatschte sie auf den Tresen.

»So, stimmt. Und jetzt noch mal: Seit vier Tagen sucht ein Kommissar nach Harms und findet ihn nicht?«

»So ist das«, bestätigte Ebbo.

Marte nahm die beiden grünen Scheine vom Tresen und verschwand wieder in die Küche.

Ebbo schaute Wiesner mit einem Blick an, der dem Gast deutlich zu verstehen gab, dass die Sprechstunde beendet war.

»Hm«, machte Wiesner, griff sich den Schlüssel und verließ den Raum.

»Hinten rechts«, rief Ebbo ihm nach.

47

»Eine Vision wird Wirklichkeit! Und durch wen?« Wiesner war erkennbar begeistert von sich selbst. »Und stellen Sie sich vor, wir planen schon das nächste Projekt. Unsere Investoren sind kaum noch zu halten. Jeder will ein Stück vom Kuchen abhaben, das ist die ganz große Chance auf Teilhabe an der Energiewende. Wir sammeln gerade Kapital ein wie nie zuvor.«

Wiesner strahlte in die kleine Runde, und sechs ausdruckslose Gesichter blickten zurück. Ebbo hatte alle Mitglieder des Gemeinderats zusammentelefoniert, das sollte sich keiner entgehen lassen. Und so saßen jetzt Eitel Wolters, Lübbe Trimmel, Malte und Ebbo da, Thees war natürlich auch dabei, auch wenn er nicht dem Gemeinderat angehörte, und Marte war aus der Küche gekommen.

Mitten in Wiesners Kunstpause ging die Tür auf, und Kommissar Beckmann betrat den Gastraum. Er verharrte kurz, als er die ungewöhnlich große Zahl von Gästen sah.

»Herr Kommissar, kommen Sie rein«, rief ihm Ebbo entgegen. »Wir haben hohen Besuch aus der Hauptstadt.« Er zeigte auf Wiesner. »Das ist der Chef von dem Mann, den Sie suchen.«

Wiesners gerade noch heitere Miene verfinsterte sich.

»Ach, dann sind Sie der Kommissar, der es in vier Tagen nicht geschafft hat, Garrelt Harms zu finden?«, pflaumte er ohne Umschweife den Ermittler an.

Beckmanns Puls beschleunigte sich erheblich. »Hauptkommissar Beckmann. Wenn Sie mir sachdienliche Hinweise geben können über Grund oder Umstände des Verschwindens Ihres Mitarbeiters, könnte es die Ermittlungen und das Auffinden des Vermissten sicher beschleunigen.«

Die anderen Anwesenden sahen ihn mit großen Augen an, und Beckmann staunte selbst über seine fehlerlos improvisierte Replik. Wiesner sagte nichts.

»Bier, Herr Kommissar?«, fragte Ebbo.

»Sehr gern«, antwortete Beckmann und setzte sich an seinen Stammplatz.

Wiesner hatte den Schwung seines Vortrags verloren und auch die Lust daran. Er erhob sich und trat an Beckmanns Tisch.

»Darf ich?« Er deutete auf einen Stuhl.

Beckmann machte eine einladende Geste.

»Was haben Sie denn bisher herausgefunden?«, versuchte Wiesner es mit mehr Freundlichkeit.

»Über laufende Ermittlungen kann ich Ihnen keine Auskunft geben«, erklärte Beckmann schmallippig.

Die Besetzung des anderen Tisches verfolgte schweigend das Geschehen. Ebbo brachte Beckmanns Bier.

»Vom Auto können Sie ihm ja ruhig erzählen«, mischte er sich ein.

Wiesner schaute fragend. »Auto?«

Alle nickten, auch Beckmann.

»Auto«, wiederholte er und gab sich friesisch.

»Was für ein Auto?« Wiesner begriff nicht. »Das von Harms?«

Beckmann nahm einen Schluck Bier.

»Das ist bekackt«, mischte Thees sich vom Nebentisch her ein und grinste. Er kassierte einen Rüffel von Malte.

»Was ist bekackt?«, raunzte Wiesner zurück. »Was spielt das für eine Rolle, ob Sie das Auto ›bekackt‹ finden?«

Thees schaute beleidigt.

»Gab es irgendwelchen Ärger wegen des Wagens? Neid?« Wiesner konnte es nicht gut aushalten, wenn man auf seine Fragen hin einfach schwieg.

»Einen Unfall?«, riet er weiter.

Beckmann freute sich, dass sich jetzt mal jemand anders die Zähne an den Einheimischen ausbeißen durfte.

»Es wurde versenkt«, half Beckmann schließlich, aber Wiesner verstand nur noch weniger.

»Wie, versenkt? Im Meer? Und Harms?«

»Gülle. Inne Gülle war es versenkt«, erklärte Malte.

Ebbo brachte Schnäpse, Wiesner kippte seinen sofort hinunter.

»In der Gülle? Soll das ein Witz sein? Oder stimmt das, und das war als Scherz gemeint? Oder wurde der Wagen als Rache für irgendwas damit beschmiert?« Wiesner begann das Rätselraten auf den Wecker zu gehen.

»Ganz.«

»Gans? Was für eine Gans?« Wiesner kannte das weiche Endungs-Z der Region nicht und rechnete inzwischen sowieso mit jeder Tollheit.

»Ganz. In Gänze«, stellte Beckmann klar.

»Gluck, gluck«, ergänzte Thees.

»Sein Auto ist also da«, erklärte Beckmann.

Wiesner schaute zwischen den Männern hin und her.

»Ja. Wieder«, bestätigte Ebbo.

»Ist ja sozusagen wieder aufgetaucht.« Thees grinste.

»Oder wieder aufgetaucht worden. Von Lübbe«, präzisierte Malte.

Wiesner wurde es zu bunt.

»Können wir das Spiel jetzt mal beenden? Also, Harms' Auto war in einer Güllegrube, richtig?«

Die anderen nickten.

»Und ist Harms da reingefahren? War es ein Unfall? Oder war er betrunken?« Wiesner kannte Garys Hang zum ausschweifenden Leben nur zu gut.

»Es befand sich niemand im Fahrzeug«, schaltete Beckmann sich ein.

»Vielleicht ist er rausgeklettert«, mutmaßte Wiesner.

»Das glaub ich weniger.« Ebbo stellte die nächsten Kurzen auf den Tisch. Kurzer Prost, alle tranken.

»Aus der Scheiße kommt keiner raus.« Thees griente.

»Vielleicht ist er da noch drin, in der Grube!«, fiel Wiesner erschrocken ein.

Beckmann schüttelte den Kopf. »Alles gecheckt. Keine Leiche«, sagte er in routiniertem Ermittlerton.

Wiesner wusste nicht mehr weiter.

»OPA hat das Auto versenkt«, löste Malte das Rätsel.

»OPA?« Wiesner wurde blass.

Die anderen nickten und warteten gespannt auf Wiesners Reaktion.

»Diese Verrückten?«, fragte er.

Enttäuschung zeichnete sich auf den Gesichtern ab. Wie gerne hätten sie ihre Späße weitergetrieben und Wiesner noch ein wenig rätseln lassen, aber er schien von OPA schon gehört zu haben. Doch das war ja auch Teil ihres Plans gewesen.

»Also diese Verrückten?«, wiederholte er seine Frage.

»Das sind keine Verrückten, das sind Terroristen«, belehrte Ebbo ihn. »Ostfriesische Patrioten-Armee«, ergänzte er.

»Ja gut. Und?« Wiesner verstand nicht ganz, warum Terroristen das Auto seines Mitarbeiters in der Gülle versenkt hatten. Die Runde am anderen Tisch schwieg.

»Haben die ihn jetzt in ihrer Gewalt?«, dämmerte es Wiesner. Sofort ratterte in seinem Kopf, mit welchen Lösegeldforderungen er konfrontiert werden könnte.

»Wer weiß«, geheimniste Ebbo.

Beckmann fragte sich, warum er selbst noch nicht auf diese Idee gekommen war. Er beschloss, sie möglichst abwegig zu finden, um sich auf keinen Fall ein Versäumnis eingestehen zu müssen.

»Und da sitzen Sie so ruhig hier?«, schrie Wiesner den Kommissar an. »Wo ist das SEK, BKA, GSG 9, was weiß ich?«

»Wenn Sie mir sagen, wo wir die hinschicken sollen, ruf ich sie gerne an.« Beckmann fühlte sich gestärkt durch die anderen: Endlich hatte sich deren Abneigung gegen Fremde auf diesen Fatzke aus Berlin verlagert. »Wir haben kein Bekennerschreiben, keine Nachricht, nichts. Wir müssen warten und suchen«, erklärte er. »Vielleicht hat sein Verschwinden ja auch ganz andere Gründe.«

»Jo, sein Opa vielleicht.« Thees grinste breit.

»Oder eine Frau«, erinnerte Beckmann sich an seine erste These.

Ebbo machte eine wegwerfende Handbewegung.

»Was denn für eine Frau?«, fragte Wiesner skeptisch. Er wusste, Garrelt Harms war ein Hallodri. Es hatte keinen Abend gegeben, an dem sie in Berlin unterwegs gewesen waren und Gary nicht irgendeine Frau abgeschleppt hatte. Aber würde er deshalb seine Arbeit derart vernachlässigen, in dieser wichtigen Phase? Das konnte er sich nicht vorstellen.

»Wollen Sie auch was essen?«, rief Marte aus der Küchentür.

Wiesner nickte. »Ja. Gerne.«

»Nehmen Sie Rull in Suur«, empfahl Beckmann freundschaftlich.

48

Der Mond leuchtete fast voll, eine hell gesäumte Wolke gab ihn gerade frei. Brunke hatte das Boot ins Schilf gezogen, war zum »Bremermann« geradelt und lehnte sein Fahrrad jetzt gegen die Backsteinwand des Hauses. Er schaute aus der Deckung einer alten Eiche heraus durchs Fenster in die Gaststube. Das gab es ja wohl nicht! Da saß dieser Typ aus Berlin, an einem Tisch mit dem Kommissar! Umso wichtiger erschien Brunke sein Plan.

Er ging vorsichtig ums Haus, schaute ins Küchenfenster und sah Marte mit Töpfen hantieren. Er kehrte zur vorderen Tür zurück, öffnete sie leise und witschte in die Diele. Auf Zehenspitzen schlich er zu den Gästezimmern. Brunke öffnete die Tür zu Zimmer »2«, trat ans Bett und nahm das Kopfkissen hoch. Aus der Innentasche seiner Jacke holte er die Kontoauszüge, die er in Garys Koffer gefunden hatte, platzierte sie auf dem Bettlaken und breitete das Kopfkissen wieder darüber.

Gern hätte er jetzt ein frisch gezapftes Bier gehabt, aber auf die Gesellschaft da drinnen legte er keinen Wert, und es wäre vermutlich auch nicht so gut, wenn der Investorenheini hier den Journalisten der »Ostfriesischen Nachrichten« wiedertreffen würde.

Brunke verließ das Gästezimmer und schlich über den Flur zum Ausgang. Im selben Moment ging die Tür der Gaststube auf, und Wiesner steuerte Richtung Toilette.

»Ja hallo!«, blökte er los.

Brunke versuchte ihn mit einer Geste zu leiserem Sprechen zu bewegen.

»Der Herr Journalist!«, fuhr Wiesner kaum leiser fort.

Brunke nickte nur.

»Gut, dass ich Sie treffe.« Wiesner lallte leicht und machte zwei Schritte auf den vermeintlichen Pressemann zu. Er kam ihm so nah, dass Brunke scharf den Schnaps aus der Kehle seines Gegenübers riechen konnte.

»Sagen Sie …« Plötzlich flüsterte Wiesner. »Jetzt sagen Sie doch mal ganz ehrlich, was trauen Sie OPA zu? Sie sind neulich ja nicht so mit der Sprache rausgerückt.« Wiesner versuchte, Brunke zu fixieren, was ihm aber nur mangelhaft gelang.

Der Mann hatte ein Alkoholproblem, das wurde Brunke jetzt klar. Darum faselte er immer von irgendeinem Opa, der gefährlich war.

»Alles. Einfach alles«, flüsterte Brunke zurück. Mit einer salutierenden Geste ließ er Wiesner stehen und verschwand nach draußen.

49

Wiesner hatte das Nachdenken eingestellt und sich aufs Essen konzentriert. Er hatte einen Bärenhunger gehabt. Jetzt saß er vor seinem leeren Teller und fragte sich, was das eigentlich für Fleisch gewesen war, das er gerade in sich hineingeschlungen hatte. Ein bisschen zäh war es ihm vorgekommen, aber Sternegastronomie hatte er hier auch nicht erwartet.

»Pansen«, sagte Beckmann freundlich.

»Was?« Wiesner war in Gedanken und rechnete nicht damit, dass der Einwurf etwas mit der Antwort auf seine Frage zu tun haben könnte.

Beckmann zeigte auf Wiesners Teller. »Pansen«, wiederholte er.

»Das?« Jetzt zeigte auch Wiesner auf das Geschirr, und Beckmann nickte.

»Gut, nicht?« Beckmann lächelte Wiesner an.

»Schnäpschen?«, rief Ebbo, der die Szene vom Tresen aus beobachtet hatte.

Wiesner nickte, Ebbo kam mit zwei Doppelten an den Tisch.

»Zum Wohle, die Herren«, wünschte er.

Beckmann hielt sein Glas zum Prosit in die Höhe, doch Wiesner kippte seinen Schnaps sofort runter.

Beckmann stand auf, und ohne sich von Wiesner zu verabschieden, ging er am anderen Tisch mit zum Gruß erhobener Hand vorbei, sagte »Meine Herren« und verließ den Gastraum.

Wiesner erhob sich ebenfalls, er fühlte sich nicht sehr willkommen.

»Och, bleiben Sie doch noch'n büschen«, rief Ebbo ihm zu seiner Überraschung zu.

Malte klopfte auf die Platte seines Tisches, um Wiesner herüberzubitten.

Wiesner nahm sein Bier und wechselte an den Tisch der Einheimischen. Vielleicht wollten sie doch noch mehr von seiner

Erfolgsstory hören. Oder sie würden ihm etwas über Harms verraten.

»Sie haben da ja einige in der Gemeinde ganz schön unterstützt«, wandte Malte sich an ihn.

Erfreut über die vermeintliche Dankbarkeit nickte Wiesner. »Ja, aber ich bitte Sie, ich meine, das ist doch eine Selbstverständlichkeit …«

»Och, so selbstverständlich ist das nicht«, schaltete Ebbo sich ein.

»Und so richtig erfahren sollten das andere ja vielleicht besser auch nicht«, setzte Malte nach.

Wiesner schaute irritiert.

»So ein Verfahren wird ja ganz schnell ungültig, wenn das rauskommt«, erklärte Malte.

Wiesner begann, sich unwohl zu fühlen. Das Gespräch nahm gerade eine seltsame Wendung.

»Ist das nicht eigentlich sogar strafbar, ich meine, so ganz grundsätzlich?«, fragte Ebbo und klang arglos.

Wiesner wusste nicht, ob die Männer sich einen kleinen Spaß mit ihm erlaubten – oder es gerade auf eine ganz üble Erpressung hinauslief, gegen die die bisherigen Zahlungen ein Pappenstiel gewesen sein könnten.

»Und dann noch die Sache mit OPA …«, warf Thees ein.

Die Dorfbewohner fielen in Schweigen und tranken. In Wiesner verfestigte sich der unschöne Eindruck, dass die Burschen cleverer waren, als er ihnen zugetraut hatte. Vielleicht hatten sie Harms gekidnappt und waren gerade dabei, ihre Lösegeldforderung zu formulieren?

»Meine Herren, ich meine, wir können ja über alles reden …«, lallte er und wurde sogleich unterbrochen.

»Sollten wir auch, wo sich Ihr feiner Herr Harms schon so mir nichts, dir nichts aus dem Staub gemacht hat«, übernahm Ebbo. »Jetzt mal im Ernst …« Er beugte sich zu Wiesner hinüber.

»Ihre ganze Arbeit, das viele schöne Geld …«, schaltete Malte sich ein.

»Ihre Investoren, die wären doch bestimmt total enttäuscht,

wenn das alles plötzlich nichts mehr werden würde hier, oder?« Ebbo klang mitleidig.

Wiesner nickte automatisch.

»Es gibt nur eins«, sagte Ebbo.

Wiesner war auf alles gefasst.

»OPA muss ruhiggestellt werden«, stellte Malte fest.

Wiesner nickte.

»Dafür könnten wir sorgen«, versprach Thees.

»Wir haben Verbindungen«, versicherte Malte.

»Gute«, ergänzte Thees.

»Sehr gute sogar«, sagte Ebbo.

Wiesner nickte weiter.

Ebbo ging zum Tresen, schenkte vier Schnäpse ein, kam damit an den Tisch und erhob sein Glas.

»Meine Herren … Auf OPAs Tod!«

»Auf OPAs Tod«, wiederholten Malte und Thees im Chor, und Wiesner echote mit Verzögerung: »Auf OPAs Tod.«

50

Beckmann ließ sich aufs Bett fallen. Er fühlte sich gut. Nicht zu viel Schnaps und Bier heute, und vor allem war er die Rolle des gehänselten Fremden los. Plötzlich fühlte er sich als einer der Hiesigen, vereint in Feindseligkeit gegenüber dem neuen Fremden. Kurz kreuzte der Gedanke auf, ob es denn eine echte Annäherung war, gar der Beginn wahrer Freundschaft – oder ob es nicht vielleicht ihre einzige unschön motivierte Gemeinsamkeit war, auf einen neuen Ausgegrenzten einzuprügeln.

Ach was, er wollte nicht schon wieder alles in Frage stellen, das gehörte zu seiner neuen Schule des positiven Denkens. Nicht zu viel grübeln, nicht immer die Gründe für positive Empfindungen so lange hinterfragen, bis man darauf kam, dass sie eigentlich nur aus negativen Beweggründen entstanden waren und man sich am Ende unberechtigt gut fühlte. So ähnlich hatte es auch Jacobson formuliert, oder war der Gedanke anderswoher? Vielleicht war er sogar aus seiner persönlichen Erleuchtung geboren. Jetzt wollte er sich gerade einfach freuen dürfen.

Er schob wohlig die Hände unters Kopfkissen – und ertastete Papier. Er nahm das Kissen hoch und entdeckte: einen Umschlag mit Kontoauszügen. Beckmann stutzte. War das nicht das Kuvert aus dem Koffer des Verschwundenen? Hatte er das etwa an sich genommen und konnte sich nicht mehr daran erinnern? Es überfiel ihn Sorge über seinen Schnaps- und Bierkonsum – aber er konnte die Belege unmöglich tagelang unter seinem Kopfkissen liegen gehabt haben. Sie wären zerknittert, runtergefallen, was auch immer. Hatte sie ihm also jemand zugespielt?

Beckmann blätterte die Auszüge durch und staunte über die Höhe der Beträge. Daran würde er sich erinnern, wenn er sie schon mal gesehen hätte. Da musste doch etwas faul sein, wer überwies in größerer Zahl solche Summen? Beckmann witterte, dass das Verschwinden des Mannes mit diesen Zahlungen zusammenhängen musste. Hier ging es anscheinend um ein

Wirtschaftsdelikt, wenn nicht gar um ein Kapitalverbrechen. Eine richtig große Nummer, nicht einfach ein zechprellender Pensionsgast!

Beckmann beglückwünschte sich, so hartnäckig an der Sache drangeblieben zu sein. Jetzt würde sich zeigen, was für eine Spürnase er tatsächlich hatte, und endlich würde er es allen beweisen können. Innerlich verabschiedete er sich schon von diesem Landstrich und malte sich sein Dienstzimmer im Landeskriminalamt aus. Organisierte Kriminalität, das war immer seine Leidenschaft gewesen. Jetzt war er nur noch wenige Tage davon entfernt, durch einen selbst entdeckten und aufgeklärten Fall auf Knien darum gebeten zu werden, diese Laufbahn einzuschlagen. Er spielte einen Dialog mit seinem Vorgesetzten durch, in dem der ihn drängte, seine Expertise in den Dienst des LKA zu stellen. Beckmann wand sich und erklärte schließlich selbstlos seine Bereitschaft, diesen verantwortungsvollen Posten zu übernehmen.

Nun gut, den aktuellen Fall müsste er schon noch aufklären, fiel ihm ein, aber nur nicht die positiven Gedanken gleich wieder in Frage stellen, forderte er sich selbst auf, und nun waren es schon mehrere Stimmen, die in seinem Kopf durcheinandersprachen, und diejenige, die die Fakten noch einmal rekapitulieren konnte, wurde immer leiser.

51

»Mann, nicht so viel«, flüsterte Malte.

Thees leerte weißes Pulver aus einem kleinen Plastikbeutel in die Tasche eines Mantels, der in der Diele an der Garderobe hing. Dann begann er, den Mantel von außen damit einzustäuben.

Malte unterdrückte mühsam einen Hustenreiz.

»Noch auffälliger geht's nicht, oder?«, raunzte er seinen Kumpel an. Der steckte beleidigt den Beutel mit dem Pulver ein.

Kopfschüttelnd nahm Malte den Mantel, trat vor die Tür, klopfte ihn draußen aus und kam wieder zurück.

»So, das reicht«, flüsterte er. »Und mach dich jetzt mal sauber.«

Thees sah aus, als wäre eine Mehltüte neben ihm explodiert. Maulend zog er in Richtung Toilette ab. Maltes Blick fiel auf die Holzdielen.

»Und alles auf den Boden, Mann, Mann, Mann …« Er verteilte das Pulver mit dem Fuß.

Thees erschien wieder, Malte musterte ihn und wischte ihm Pulver aus dem Haar wie eine Mutter ihrem Kind.

»So.« Malte wies den Weg in die Gaststube.

Beide traten ein. Wiesner starrte mit glasigem Blick vor sich hin, Ebbo brachte ihm gerade einen weiteren Schnaps und kurz darauf seinen beiden Stammgästen ein frisches Bier.

52

Beckmann konnte nicht einschlafen. Von draußen schien hell der Vollmond ins Zimmer und warf durch die Häkelgardinen ein seltsames Muster auf die Tapete. Beckmann war aufgeregt. Aufgekratzt regelrecht. Er hatte sich so sehr mit der greifbaren Beförderung beschäftigt, dass er begann, panisch zu werden, etwas könne doch noch dazwischenkommen. Er hatte noch nicht alles. Streng genommen hatte er noch nicht einmal viel.

Er richtete sich im Bett auf und fasste einen Entschluss. Einen Entschluss, den er wenig später für richtungweisend halten sollte. Er legte seinen Pyjama ab, faltete das Schlafgewand ordentlich zusammen und zog Hose und Hemd wieder an. Er verließ sein Zimmer, öffnete die Tür der Gaststube und verkündete: »Eins nehme ich noch.«

Die Anwesenden staunten, Ebbo zapfte, und Beckmann wollte zu seinem Tisch gehen, aber die anderen winkten ihn an ihren. Als Wiesner realisierte, dass gerade zwei Kommissare den Raum betreten hatten, erhob er sich und schlingerte Richtung Ausgang.

»Schreinsiesauf«, nuschelte er dem Wirt zu und verschwand.

Beckmanns Bier kam. Ebbo setzte sich mit an den Tisch und schwieg gemeinsam mit den anderen. Beckmann war im Begriff zu lernen, dass das ein wesentlicher Teil der Kommunikation hierzulande war.

»Schickes Hemd«, meinte Thees und zeigte auf Beckmanns ineinander verschlungene Dschungelpflanzen, Kakadus und Alligatoren.

Beckmann lächelte bescheiden.

»Hat ganz schön was drauf, der Herr Doktor, was?«, sagte Ebbo.

Beckmann runzelte die Stirn. »Na, wenn Sie mich fragen, ist das ein ganz schöner Dampfplauderer.« Beckmann fühlte sich jetzt der Gruppe zugehörig und äußerte unverhohlen seine private Meinung.

»Da könnten Sie natürlich auch recht haben«, räumte Ebbo ein.

»Aber seine Ideen haben Sprengkraft«, sagte Malte.

»Und wie!«, sekundierte Thees.

»Das stimmt«, bekräftigte Ebbo.

Beckmann war verblüfft, dass die drei diesen Fatzke so ernst nahmen.

»Explosiv«, sagte Thees.

Beckmann bekam das Gefühl, dass die Männer begannen, schon wieder in Rätseln zu sprechen. Er versuchte, sich nicht aufzuregen und sich auch nicht ausgegrenzt zu fühlen, sondern hinter die Lösung zu kommen. Vielleicht war es ein Spiel, und er könnte ihre Anerkennung gewinnen, wenn er die Aufgabe löste. Es erinnerte ihn an die Masche seines Vaters, ihn immer mit Rätseln auf eine falsche Fährte zu schicken, auf der er die Lösung sicher nicht finden konnte. Vielleicht war er überhaupt deshalb zur Kripo gegangen, weil er endlich Fälle wirklich lösen wollte – nur blieb seit den Späßen seines Vaters bei der Aufklärungsquote noch reichlich Luft nach oben.

»Das is so einer, der räumt aus dem Weg, was ihm nicht passt«, schätzte Ebbo den Fremden ein. Den Gedanken würde auch Beckmann durchaus gelten lassen.

»Der geht über Leichen«, setzte Malte noch eins drauf.

Wollten die drei ihm etwas sagen? Wussten sie irgendetwas? Plötzlich bekam Beckmann das Gefühl, einen wichtigen Baustein finden zu können. Aber wenn er jetzt fragte, würde er unter Umständen alles kaputt machen. Sie würden ihn auflaufen lassen. Er fühlte sich wie ein Wildtierfotograf: zur Beobachtung verdammt, er durfte auf keinen Fall eingreifen.

»Explosiv ... über Leichen ... wie meinen Sie das?«, hörte er sich trotzdem fragen und verfluchte sich sofort, weil er fürchtete, dass nun alle wieder schweigen würden.

»Manchmal gehen ja Sachen kaputt, die normalerweise nicht kaputtgehen«, setzte Ebbo das Rätsel fort. »Denken Sie doch nur mal an Ihr Boot.«

Beckmann stutzte. Wiesner und sein Boot? Sollte Wiesner

etwas mit dem Boot zu tun gehabt haben? Aber wie denn? Er war ja noch gar nicht in der Gegend gewesen. Oder doch? Wenn er schon da gewesen war und erst später offiziell anreiste? Aber warum hätte er das tun sollen? Um Beckmanns Ermittlungen zu behindern, klar. Aber warum? Und wo war dieser andere Bursche? Hatte Wiesner den auch gesprengt? In Beckmanns konfuser werdende Gedanken platzte Marte hinein.

»Wem gehört der?«, plärrte sie in die Runde und hielt einen eingestaubten Mantel überm Arm. Alle zuckten mit den Schultern.

»Was ist das für eine Sauerei?«, echauffierte sie sich.

»Ist das Ihrer?«, fuhr sie Beckmann an, der abwehrend die Hände hob.

»Ist wohl vom Herrn Doktor«, mutmaßte Ebbo.

»Da habt ihr euren Doktor«, rief Marte und warf den Mantel auf den Platz neben Beckmann.

»Komisch, der macht doch so 'nen gepflegten Eindruck«, wunderte sich Malte.

»Das sind oft die Schlimmsten«, meinte Thees.

Beckmann fragte sich, ob das auf ihn gemünzt sein konnte.

»Komisch, so staubig.« Thees hätte jeden Regisseur eines Bauertheaters zur Verzweiflung gebracht.

»Staubt doch gar nicht so bei uns.« Malte war nicht wirklich besser.

»Ist ja vielleicht auch was anderes.« Thees war wieder dran.

»Na denn ...« Die beiden leerten ihre Gläser, erhoben sich, klopften mit den Knöcheln auf den Tisch und waren schneller aus dem Raum, als Beckmann noch eine Frage stellen konnte. Er trank auch aus, grüßte Ebbo stumm und ging in sein Zimmer.

Am Waschbecken putzte er sich noch einmal die Zähne, zog seinen Pyjama wieder an und legte sich aufs Bett. Er dachte nach. Die Gesprächsfetzen setzten sich zu immer neuen Konstellationen zusammen.

Beckmann stand noch einmal auf, schlich in seinem Pyjama über den Flur in die Gaststube und nahm den staubigen Mantel an sich. Er erfühlte, dass ein Telefon in der Innentasche steckte.

Er legte es auf den Tresen und schlich mit dem Mantel überm Arm zurück in sein Zimmer.

Als Beckmann endlich eingeschlafen war, warf der Mond ein Häkelmuster auf den *Burberry Heritage-Trenchcoat* am Fußende seines Bettes.

53

Wiesner hatte seinen Koffer durchwühlt, obwohl er dort eigentlich unmöglich sein konnte. Er nahm zum fünften Mal die Kleidung vom Vortag hoch, schaute unters Bett, aber: nichts. Er schlug die Bettdecke hin und her: nichts. Er verließ das Zimmer, sah an der Garderobe in der Diele nach, sie war leer.

Er betrat den Gastraum, es roch nach abgestandenem Alkohol. Oder war das sein eigener Atem? Wiesner hauchte in seine zur Mulde geformte linke Hand. Es war wohl beides. Wiesner schaute auf den Stühlen an beiden Tischen, an denen er gesessen hatte, doch auch hier hing sein Mantel nicht. Er ging in die Knie, kroch unter den Tisch, vielleicht war er ja von der Lehne gerutscht.

»Moin. Suchen Sie was?« Marte stand mit Eimer, Schrubber und Feudel in der Tür. Wiesner erschrak, schnellte hoch und schlug mit dem Kopf unter die Tischplatte. Er rieb sich seinen Schädel und kroch unter dem Tisch hervor.

»Meinen Mantel. Guten Morgen.«

»Da wird der wohl nicht sein. Oder meinen Sie, der hat Angst gehabt und sich inne Ecke verkrochen?«

Wiesner wusste nicht so recht, ob die Menschen hier einen seltsamen Humor pflegten oder noch seltsamere Vorstellungen hatten.

»Wollten Sie nicht was erledigen heute?«, fragte Marte.

»Ja, aber dafür brauche ich mein Telefon. Und das ist im Mantel.«

»Nö.«

»Wie, nö?« Wiesner war genervt.

»Das ist hier.« Marte griff das Smartphone, das hinter der Theke lag.

»Wie kommt das denn dahin?«

»Tja«, zuckte Marte mit den Schultern.

Wiesner nahm ihr das Gerät ab. Er ging zum Telefonieren

vors Haus, drückte die Wahlwiederholung und lief auf und ab, bis die Verbindung hergestellt war.

»Tatjana, Liebes, geben Sie mir doch mal bitte die Buchhaltung«, sagte er.

54

Beckmann saß auf der Bettkante und zögerte. Er würde sich bis auf die Knochen blamieren, aus wäre der Traum von der großen Karriere, wenn jemand erfahren würde, dass er das Labor mit der Analyse von Weizenmehl beschäftigt hätte.

Vielleicht wollten ihn die Leute hier wirklich nur verarschen, er erinnerte sich, dass er sich die ersten Tage nicht gut behandelt gefühlt hatte. Warum sollten sie ihm jetzt plötzlich helfen wollen? Nur, weil der andere ihnen noch unsympathischer war?

Er schnappte sich den Mantel, der neben ihm auf dem Bett lag, und auch seinen verkohlten Schal. Viel schlimmer würde es nicht kommen können, er hatte nicht viel zu verlieren, das musste er sich eingestehen. Ihm fielen die Bremer Stadtmusikanten ein mit ihrem Motto »Etwas Besseres als den Tod finden wir allemal«. Er überlegte, als was er sich am ehesten sah, als Esel, Hund, Katze oder Hahn. Als Hahn, entschied er, der saß obenauf und hatte den Überblick.

Beckmann setzte sich ins Auto, warf Mantel und Schal auf die Rückbank und gab eine Adresse ins Navigationssystem ein: Schützenstr. 25, Hannover. Es war die Adresse des Kriminaltechnischen Instituts des Landeskriminalamts. Zwei Stunden und dreiundvierzig Minuten Fahrtzeit prognostizierte das Navi für die zweihundertsechsundsechzig Kilometer weite Strecke. Also hin und zurück fünfeinhalb Stunden, das war es ihm allemal wert. Von unterwegs würde er seinen alten Freund aus Ausbildungstagen anrufen, der könnte ihm das Material ohne viel Aufhebens und offiziellen Papierkram untersuchen.

Er schob die CD von Jacobson ein, peilte durch das zerkratzte Dreieck auf der Windschutzscheibe und startete den Wagen.

Wiesner stand vor der Einfahrt zur Gaststätte und telefonierte, als Beckmanns Wagen an ihm vorbei auf die Straße fuhr. Kurz bildete Wiesner sich ein, auf der Rückbank des Autos seinen vermissten Mantel liegen gesehen zu haben. Aber das konnte ja nicht sein.

55

Er war schon seit einigen Tagen tot. Das erkannte Brunke, als er sich dem Kadaver näherte. Vermutlich hatte er tagelang in der See getrieben, bevor er angespült wurde. An den Flossen des Schweinswals hatten sich Fischernetze verfangen, er war halb eingewickelt in das grüne Zeug aus Kunststoff, das nie verrottete und von dem Brunke in den wenigen Tagen, die er auf der Insel war, schon einen ordentlichen Haufen eingesammelt hatte.

Brunke betrachtete den Wal. Er war knapp ausgewachsen. Die Art hatte große Ähnlichkeit mit Delphinen, und Brunke musste daran denken, wie er mit seinem Vater das erste Mal einen toten Schweinswal am Strand gefunden hatte. Der Vater hatte ihm erklärt, dass Schweinswale auch »Meerschweine« genannt wurden. Das hatte er lustig gefunden und war umso trauriger, dass das Meerschwein tot dagelegen hatte. Dieselbe kindliche Traurigkeit überkam ihn jetzt wieder und überhaupt jedes Mal, wenn er ein totes Tier irgendwo entdeckte. Er konnte beim Anblick eines überfahrenen Eichhörnchens in Tränen ausbrechen. Oder bei einem Frosch.

Er befreite den Wal von den Netzen und drehte ihn auf die Seite. Der Säuger hatte eine Verletzung an seiner linken Flanke. Vermutlich war er Fischern als unerwünschter Beifang ins Netz geraten, und sie hatten ihn einfach aus dem Netz geschnitten und wieder über Bord geworfen.

Brunke zerrte das tote Meerschwein höher an Land. Er wollte es begraben, aber das musste er in dem Dünenbereich tun, den die Tide nicht erreichen konnte.

Nur ein paar Tage, nachdem er den alten Schwerenöter Gary beerdigt hatte, buddelte er ein weiteres Loch. Vielleicht waren die beiden sogar am selben Tag aus dem Leben geschieden.

Als Brunke den Wal bestattet hatte, setzte er seinen Strandrundgang fort. Ernüchtert stellte er fest, dass das vermeintliche

Paradies doch nicht so abgeschieden war, wie er es sich wünschte: Treibgut aller Art war angespült worden, das meiste aus Kunststoff. Noch mehr Netze, Flaschen, Schuhe, Fender, außerdem eine Kabeltrommel aus Holz. Brunke überlegte, was es eigentlich nützte, wenn man den Menschen das Betreten von Inseln verbot, ihr Müll aber über alle Grenzen hinweg jeden Winkel erreichte.

Brunke ging zu seinem Tarnzelt, begutachtete missmutig und mit schlechtem Gewissen die Plastikhaut, aus der es hergestellt war, und bezog seinen Beobachtungsposten. Sein Stativ mit dem Monokular hatte er stehen lassen, wer sollte es hier auch schon klauen.

Als er Austernfischer, Heringsmöwen und Löffler beim Fischfang beobachtete, besserte sich Brunkes Stimmung.

56

»Ich schau mir das jetzt selber an«, verkündete Wiesner, »wenn dieser Penner von der Polizei nichts auf die Reihe kriegt.«

Wiesner war sauer, was vor allem an dem schmerzlichen Verlust lag, den die soeben getätigten Überweisungen in Höhe von jeweils dreißigtausend Euro an die üblichen Empfänger bedeutete. Er war nicht gern der Unterlegene, ganz grundsätzlich nicht. Er versuchte immer, das Ruder noch herumzureißen, aber in diesem Fall hatte er sich gegenüber diesen miesen, dahergelaufenen Bauern geschlagen geben müssen. Aber nur fürs Erste.

Die würden sich schon wundern, wenn er die Option auf Baustufe II ziehen würde, die sein Anwaltskumpel so wunderbar in den Tiefen des Kleingedruckten verborgen hatte. Und diese Option würde er ziehen – wenn es wirtschaftlich keinen Sinn hätte, dann wenigstens aus persönlicher Rache. Diese dämlichen Friesen würden ihre Scheißdeiche nicht mehr erkennen können vor lauter Masten, und den Kühen sollten die Stirnhaare im Wind der Rotoren flattern! Vögel würden wie mit Schrotflinten gejagt vom Himmel fallen! Wiesner sah es alles vor seinem inneren Auge, und es stimmte ihn fröhlich.

Er war kein Naturfreund, das konnte man wohl so sagen. Deshalb war er auch alles andere als begeistert von der bevorstehenden Wanderung zur ersten Baustelle seines Großprojektes.

»Und man kann da wirklich nicht hinfahren?«, fragte er Ebbo.

»Versuchen können Sie's.«

Wiesner winkte ab, er hatte gelernt, diese Art von Antworten zu verstehen.

Ebbo schaute auf Wiesners rahmengenähte Budapester. »Die Schuhe würde ich man besser ausziehen.«

Wiesner warf Ebbo einen Blick zu und begann entnervt, die Schuhe aufzuschnüren.

»Nicht jetzt. Dann«, klärte Ebbo ihn auf.

Wiesner schaute hoch, sein Kopf rötete sich, er zerrte an den Schnürsenkeln und machte eine Schleife.

»So, wo geht's lang?«

»Richtung Norden und dann immer geradeaus.« Grinsend wartete Ebbo, ob der Großstädter die Anspielung auf eine alte Schnapswerbung verstand, aber es war nicht zu erahnen. »Sie fahren da vorne an der Hauptstraße links … Ach so, Sie haben gar kein Auto, nicht?« Ebbo unterbrach seine Erklärung. »Na macht nichts. Ich ruf Malte an, der kann Sie fahren.«

Ebbo ging zum Telefon, und Wiesner stand der Mund offen ob dieser unvermuteten Hilfsbereitschaft.

»Das macht der gerne«, sagte Ebbo, während er aufs Freizeichen wartete. »Moin. Du, der Herr Doktor will die Baustelle sehen. Die draußen. Er hat doch kein Auto, könntest du vielleicht …« Ebbo hörte kurz zu, sagte: »Prima, danke«, und legte auf.

»Macht er gern«, wandte Ebbo sich wieder an Wiesner.

»Ist es da kalt? Hätten Sie vielleicht was für mich, eine Jacke oder so etwas? Mein Mantel ist verschwunden.« Wiesner fragte ungern, aber noch weniger gern wollte er sich wegen dieses Mists eine Angina aufhalsen.

»Tja, wenn man seine Sachen nich ständig im Blick hat … Ich guck ma, ob ich was hab, was ich nicht mehr brauch«, bot Ebbo an und verschwand in die Diele.

Wiesner hörte ihn in der alten Truhe wühlen, und nach einer Weile tauchte er wieder auf, in der Hand einen klassischen, wenn auch vollkommen verdreckten gelben Ostfriesennerz. Strahlend hielt er ihn dem Gast hin.

»Da!«

»Danke, sehr nett.« Wiesner mobilisierte alle verfügbare Höflichkeit. Er zog die Regenjacke über, sie saß eher knapp. Im selben Moment kam Malte zur Tür rein und grinste.

»Steht Ihnen gut«, meinte er. »Neu?«

Wiesner zog das Ölzeug wieder aus.

»Sollen wir?«, fragte Malte.

»Gerne«, entgegnete Wiesner.

»Och, wartet mal, ich komm mal mit«, entschloss sich Ebbo. »Büschen frische Luft kann ja nich schaden.«

In der Diele schnappte er sich seine Strickjacke, und die drei Männer gingen auf den Hof. Dort stand Maltes nicht mehr ganz taufrischer Polo, auf der Rückbank saß Thees. Wiesner wunderte sich über die Personalstärke seiner Eskorte, die ihm mit keiner Silbe erläutert wurde. Ebbo stieg auf der Beifahrerseite ein, klappte den Sitz zurück und kletterte zu Thees auf die Rückbank. Malte bot Wiesner den Vordersitz an, und los ging die Fahrt.

Die vier Männer standen am Deich, das Wasser war abgelaufen, vor ihnen lag das Watt. Ebbo zeigte in Richtung Nordnordwest.

»Elf Uhr?«, fragte Wiesner.

»Nö. Elf Uhr siebenunddreißig«, las Thees von seiner Armbanduhr ab.

»Die Richtung!«, beharrte Wiesner.

»Kann sein«, meinte Ebbo. »Da jedenfalls. Sieht man von hier noch nicht, aber einfach immer geradeaus.«

Er schaute auf Wiesners Schuhe, sagte: »Und immer schön dran denken«, und klopfte ihm auf die Schulter.

»Viel Erfolg«, rief Malte ihm hinterher.

»Grüßen Sie die Austernfischer«, rief Thees. Er handelte sich einen Klaps ein und verstummte.

Als Wiesner den Deich halb hinuntergegangen war, drehte er sich noch einmal um. Die drei Männer oben auf der Deichkrone winkten ihm fröhlich zu.

Wiesner setzte seinen Weg fort, er ging stur geradeaus Richtung Nordnordwest, auf elf Uhr zu.

Ebbo, Malte und Thees standen noch lange auf dem Deich und schauten zu, wie die Figur in der Ferne immer kleiner wurde.

57

Es war schon dunkel, als Beckmann mit seinem Wagen auf den Hof der Pension »Bremermann« einbog. Sein alter Studienkollege hatte ihn in Hannover noch auf ein Bier eingeladen, und beschwingt und guter Dinge war Beckmann zurück nach Ostfriesland gefahren, in der sicheren Überzeugung, dass diese Fahrten gezählt waren, wenn sein alter Kollege ihn morgen anrufen und ihm das Untersuchungsergebnis mitteilen würde.

Beckmann stieg aus dem Wagen und entdeckte hinter der Hausecke Feuerschein. Er näherte sich vorsichtig, und jetzt hörte er auch Gelächter und Stimmen, die durcheinanderredeten. Als der Kommissar um die Ecke lugte, erkannte er im Licht der Flammen Ebbo, Thees, Malte, den obersten Vogelwart Eitel Wolters und den seltsamen Vogel, in dessen Güllegrube das Auto gesteckt hatte. Außerdem waren noch ein halbes Dutzend anderer Leute dabei, die er noch nie gesehen hatte. Alle hatten ein Bier in der Hand und schienen prächtiger Stimmung. Sie standen um eine Tonne herum, in der augenscheinlich Papiere brannten, zwei halb verbrannte Rücken von Leitz-Ordnern ragten aus der Asche. Ebbo entdeckte Beckmann hinter der Hausecke und winkte ihn heran.

»Ah, der Herr Kommissar«, rief er.

»Bier für den Kommissar«, sagte irgendjemand, und flugs hielt Beckmann eine Flasche in der Hand.

»Na, kleine Feier?«, fragte Beckmann einen Unbekannten neben sich.

»Ja. Kann man so sagen«, antwortete der, für seine Verhältnisse vermutlich außerordentlich vergnügt.

»Und was? Geburtstag?«

»Och.« Sein Gegenüber suchte nach der richtigen Formulierung. »Eher so 'ne Art Abschied.«

»Hm«, machte Beckmann erstaunt. »Dafür sind Sie ja alle ganz schön fröhlich.«

»Jo«, bestätigte der Fremde und schaute in die Flammen.

Als Beckmann das Gespräch schon für beendet hielt, sprach der andere weiter.

»Erstens hilft's ja nichts.«

Dann schwieg er wieder. Aber weil er »erstens« gesagt hatte, rechnete Beckmann damit, dass noch ein »zweitens« folgen würde, und so war es auch, und zwar nach etwa zwei Minuten.

»Und zweitens.« Der Mann nahm einen Schluck. »Ist es ja auch manchmal ganz gut so.«

Beckmann dachte, dass die Menschen in diesem Landstrich ganz schön hart im Nehmen waren. Sicher ein Vermächtnis aus der Zeit der Seefahrerei. Da blieb schon mal der eine oder andere auf See. Seine Gedanken reisten zu Männern, die gegen stürmisch peitschende See in kleinen Ruderbooten auf Walfang gingen. Sie trugen schwarzes Ölzeug, in dem kurz eine Häkelstruktur durchblitzte, bevor eine hochhausgroße Walschwanzflosse auf das Boot niedersauste und es mitsamt der Mannschaft zermalmte.

58

»Moin!« Beckmann kam trotz des langen Lagerfeuerabends halbwegs beschwingt in die Küche und setzte sich an einen der beiden eingedeckten Plätze.

»Moin«, erwiderte Marte und schenkte ihrem Gast Kaffee ein.

»Ist Dr. Wiesner noch gar nicht wach?« Beckmann nickte in Richtung des anderen Frühstücksgedecks.

»Sehen Sie ihn hier irgendwo?« Marte war nicht nach Plaudern zumute. Ihr Blick ging zur Uhr. Es war zehn nach acht.

»Vielleicht schläft er gern etwas länger.« Beckmann griff nach dem Sahnekännchen.

»Sieht ganz so aus«, antwortete Marte.

»Berliner eben«, scherzte Beckmann.

»Ebbo!«, rief Marte nach nebenan. Sie klang ungehalten.

»Hmmm?«, kam es aus der Stube zurück.

»Is der Herr Doktor schon wech, oder schläft der noch?« Marte erfühlte, dass das gekochte Ei abgekühlt war.

»Weiß nich«, klang es hinter den »Ostfriesischen Nachrichten« hervor. Ebbo ließ die Zeitung sinken, und nach einem Moment des Lauschens erhob er sich. Er ging zur Tür mit der Nummer »1« und klopfte. Niemand rührte sich. Ebbo öffnete die Tür und sah das unberührte Bett.

»Der kommt nicht mehr«, rief er in die Küche.

Marte begann, das Frühstücksgeschirr abzudecken.

»Gut, dass er schon bezahlt hat«, rief sie nach nebenan.

Marte räumte das Geschirr in den Schrank und dachte darüber nach, ob in Zukunft alle Gäste, die in Zimmer »1« übernachteten, spurlos verschwinden würden. Auf jeden Fall sollte sie in Zukunft immer Vorkasse machen.

»Seltsam«, sagte Beckmann. »Wollte er nicht ins Watt? Zu dieser Baustelle?«

»Weiß ich nix von«, antwortete Marte.

Beckmann wischte sich den Mund mit der Serviette ab und erhob sich. Er klopfte an die Tür zur Stube, aus der Ebbo eine Art Antwort brummte.

»Hm?«

»Herr Hinrichs?«

»Hm?« Ebbo lugte über seine Zeitung.

»Sagen Sie, der Dr. Wiesner ist doch gestern zu dieser Baustelle aufgebrochen im Watt.«

»Kann sein, ja.«

»Kann man sich da verlaufen? Ich meine, es ist doch komisch, dass er nicht zurückgekommen ist.«

»Der wollte doch jemanden da suchen«, warf Ebbo ein. »Vielleicht hat er den ja gefunden.«

Beckmann bildete sich kurz ein, einen seltsamen Unterton herauszuhören, verwarf den Gedanken aber wieder.

»Kann man denn da irgendwo bleiben, ich meine über Nacht?«

Ebbo las weiter.

»Ja, kann man«, sprach er hinter der Zeitung und ergänzte: »Sogar länger.«

Ebbo blätterte um, nahm dann die Zeitung herunter, schaute über ihren Rand hinweg Beckmann an und sagte in leisem Ton: »Sogar viel länger.«

Gerade hatte Beckmann noch das Gefühl gehabt, dass der Wirt ihm etwas zu verstehen geben wollte, aber jetzt glaubte er, dass er ihn doch nur auf den Arm nahm.

»Ich werd da mal selbst nachsehen«, verkündete Beckmann.

»Das würde ich mir gut überlegen.« Ebbo klang so, als wäre es äußerst ratsam, es zu überdenken.

»Wieso?«

»Die Gezeiten. Das Wasser, das kommt und geht, wissen Sie.«

Beckmann dachte nach, um welche Zeit Wiesner zu seiner Wanderung aufgebrochen war.

»Wann kommt und geht das Wasser denn so?«, wollte er wissen.

»Meinen Sie nicht, der Herr Doktor ist eher wieder in die Großstadt abgehauen, weil Sie ihm auf der Spur sind?«, erwiderte Ebbo, ohne auf Beckmanns Frage einzugehen. »Ich meine, der hat ja sicher auch gemerkt, dass Sie ein scharfer und gerissener Hund sind.«

Beckmann staunte und ließ das sacken. Da hatte er tagelang gegen die Widerspenstigkeit dieser Leute angekämpft, versucht, ihre Sympathie zu gewinnen, fühlte sich auf verlorenem Posten trotz leberschädlichster Anbiederung – und nun kam so ganz trocken dieses Kompliment. Beckmann wuchs um etliche Zentimeter.

»Meinen Sie?«, heischte er nach mehr Honig für seinen Dreitagebart.

»Aber sicher«, bestärkte Ebbo und rief nach nebenan. »Marte!«

Marte erschien in der Tür. »Hm?«

»Meinst du nicht auch, der Herr Doktor hat gleich gemerkt, dass der Kommissar ein scharfer Hund ist, dem man nix vormachen kann?«

Marte schaute erst ihren Mann irritiert an, dann Beckmann.

»Wenn du meinst«, sagte sie.

»Und dann geht der kurz vor Hochwasser los, damit der Kommissar denkt, der arme Herr Doktor ist auf See geblieben.« Ebbo fixierte Beckmann so lange, bis der begann, zustimmend zu nicken.

»Aber nicht mit unserem Kommissar, was?« Ebbo blinzelte dem Ermittler aufmunternd zu, der jetzt heftiger nickte.

»Berlin«, murmelte Beckmann.

»Berlin«, wiederholte Ebbo und verschwand wieder hinter seiner Zeitung.

Ein Halali ertönte, Beckmann angelte sein Mobiltelefon aus der Jackentasche.

»Hauptkommissar Beckmann«, meldete er sich schneidig und hörte eine Weile zu.

»Kalium-Permanganat? Das ist doch … ist das nicht …«, warf er ein und hörte wieder zu.

»Beides?«, fragte er zwischendurch, sagte nach einer Pause: »Danke!«, und legte auf.

»Berlin«, sagte er leise zu sich, und es klang entschlossener als zuvor. »Berlin!«

59

Die Uhr schlug zweimal, es war halb acht, Malte und Thees kamen in die Wirtsstube. »Moin«, Sparkasten, Rotamint, »Muss i denn«, zwei Bier und eins für den Wirt.

»Na, wo sind denn eure Gäste?«, wollte Malte wissen.

»Wech.« Ebbo prostete den anderen zu und trank. »Abgereist.«

»Och«, wunderte Thees sich.

»Ganz schön ruhig auf einmal wieder, was?« fragte Malte.

Ebbo nickte.

Die Tür zur Wirtsstube öffnete sich. Die Männer schauten sich an. Sie erwarteten keinen weiteren Gast. Jella erschien in der Tür.

»Jella!« Ebbo stand auf. »Komm her, mein Mädchen!« Er ging auf sie zu und nahm sie in den Arm.

»Bierchen?«, fragte er, und Jella nickte.

»Setz dich.« Ebbo zeigte auf den Tisch von Malte und Thees, während er hinter den Zapfhahn ging. Jella setzte sich Malte gegenüber. Beide lächelten sich scheu an, Thees nickte ihr zu. Ebbo kam mit Bier an den Tisch. Marte erschien in der Küchentür, sah Jella und band sich die Schürze ab. Ebbo winkte sie heran und klopfte auf die Bank zum Zeichen, dass sie sich setzen sollte. Mit Umweg über den Schnapsausschank nahm Marte Platz. Sie prosteten sich zu.

Alle wirkten irgendwie erschöpft und erleichtert, als hätten sie eine schwere Sturmflut unbeschadet überstanden.

Ebbo schaute Jella an und schmunzelte. Irgendwas war nicht in Ordnung gewesen, das hatte er Malte angemerkt, aber er hatte nicht nachgefragt. Wenn er gewollt hätte, hätte Malte ja was sagen können, und dass sein kleines Mädchen manchmal auch ganz schön stur und herrisch sein konnte, wusste er ja schließlich selbst.

Jellas Gedanken wanderten zu ihrer ersten zufälligen Begegnung mit Gary. Er hatte vor der Schule gehalten und sie nach dem Weg gefragt. Sie war eingestiegen, um es ihm einfach schnell zu zeigen, und fünf Minuten später standen sie mit seinem Mercedes in der Einfahrt vom verfallenen Hof des alten Ostendorp und küssten sich. Jella war schwummrig geworden und heiß und kalt, seit Jahren hatte sie niemand anderen geküsst als ihren Mann, sie hatte ein schlechtes Gewissen und fühlte sich gleichzeitig völlig neu und wunderbar.

Malte schaute in sein Bier und dachte an den ersten Abend, an dem die linke Seite des Betts leer geblieben war. Er hatte nicht einschlafen können, hatte in die Dunkelheit hinausgeschaut, war mit der Taschenlampe über die Baustelle getigert. Am nächsten Morgen hatte er nicht viel gefragt, und sie hatte nicht viel gesagt. Es gab nichts zu erklären, für Malte zumindest war alles klar, und Details hatte er nicht wissen wollen.

Marte kippte ihren Schnaps runter und schmunzelte. Sie freute sich, dass ihre Tochter sich ihr anvertraut hatte, und seitdem teilten die beiden gegenüber Ebbo nicht nur Jellas frisches Geheimnis, sondern noch ein viel älteres. Sie hatte ihrer Tochter als Revanche für deren Vertrauen von dem Sommer erzählt, in dem sie sich heimlich mit Lübbe Trimmel in der Scheune getroffen hatte. Er hatte wahnsinnig gut ausgesehen damals, auch wenn man das heute nicht mehr so glauben mochte, und er war lustig und konnte Mundharmonika spielen. Das hatte Marte schwach werden lassen, und sie hatte es seither keine Sekunde bereut. Auch wenn sie nie daran gedacht hatte, ihren treuen Ebbo zu verlassen.

Thees trank sein Bier in einem Zug leer. Er dachte an den Fluss, der zu Unrecht geschmäht wurde, nur weil jemand hineingefallen war. Dass sein bester Freund Malte ihm vorgeworfen hatte, einen riesigen Fehler gemacht zu haben, hatte er erst mal verdauen müssen. Dabei war es ein so guter Plan gewesen, er hatte wieder Ruhe ins Dorf bringen und seinen Kumpel verteidigen wollen, eigentlich hatte er es sowieso vor allem für ihn getan, und dann dieser ungerechte Vorwurf.

Er hatte diesem Schnösel Gary versprochen, ihm die Baustelle zu zeigen, an der schon gearbeitet werde. Sie waren zur Vogelschutzinsel gefahren, Thees hatte einen abgelegenen Platz gesucht, um Gary zur Rede zu stellen. Mit dem Gewehr wollte er ihm drohen, ihm einen richtigen Schrecken einjagen, damit er die Finger lässt von der Frau seines besten Freundes, und da fing der Idiot an, an dem Gewehr rumzuzerren. Der Schuss löste sich im Gerangel, und Thees hatte zwischen den Dünen den Geldgeber ihrer Gemeinde aus Versehen umgebracht. Oder der sich, wer wusste das schon, jedenfalls hatte er tot dagelegen, und alle gaben Thees die Schuld.

Schon auf der Düne war ihm klar geworden, dass es einen Riesenärger geben würde. Aber immerhin war die Polizei außen vor geblieben, das war ja schon mal ein Glück, und über alles andere würde schon Gras wachsen. Nur dass das Geld jetzt ausblieb, war ein Jammer, und mit Wehmut dachte Thees an seine Miniaturwattenmeerwelt, die wohl für immer ein Traum bleiben würde.

Alle fünf saßen vor leeren Gläsern. Ebbo und Marte standen auf, Ebbo zapfte frische Biere, und Marte schenkte für alle Schnaps nach, natürlich Doppelte. Ebbo kramte in der Thekenschublade, förderte eine Musikkassette zutage und öffnete das Kassettenfach des seit Ewigkeiten nicht benutzten Geräts eines längst insolventen Herstellers.

»*How do I feel at the end of the day?*«, krächzte es aus dem Lautsprecher, Joe Cocker sang »*With a little help from my friends*«.

Alle saßen um den Tisch und lauschten dem Gasinstallateur aus Sheffield. Es war wie ein Hochamt mit einem schweigenden Chor.

60

Brunke saß auf der Veranda seines Vogelwärterhäuschens. Auf dem Tisch stand eine Flasche Landbier, daneben lagen sein Protokollbuch der Vogelbewegungen und das Werk »Handbuch der Vögel Mitteleuropas« von Urs Glutz von Blotzheim.

Der Himmel im Westen war leuchtend orange, durchzogen von dunkelvioletten Wolkenschlieren. Die Sonne war dahinter verschwunden und zeichnete in die tiefste Wolkenschicht, die am Horizont das Meer zu berühren schien, glutrote Adern. Es sah aus, als würde sich eine glühend heiße Schicht Lava über das Meer ergießen und es in Brand setzen. Der Wind hatte sich weitgehend gelegt, die verbliebene Brise war leicht und nicht kalt. In einer Viertelstunde würde es dunkel sein. Zwischen den Dünen und am Strand kehrte langsam Ruhe ein, der letzte Streit um die Schlafplätze zur Nacht legte sich. Das erste »krek krek« des Wachtelkönigs ertönte.

Brunkes Gedanken wanderten nach Berlin. Oder genauer gesagt zu Isabella. Vielleicht sollte er sie doch etwas deutlicher einladen. Es würde ihr vermutlich gut gefallen auf der Insel, das hatte sie ja mehr als einmal gesagt. Und sie war sicher niemand, der sich an den spartanischen Lebensbedingungen stören würde. Manchmal war er einfach auf dem verkehrten Ohr taub. Oder auf beiden. Oder zu schüchtern. Die alte Froschgeschichte.

Ein Zischen und ein Luftzug rissen Brunke aus seinen Gedanken. Zwei Pfeifenten waren so knapp an ihm vorbeigeflogen, dass er ihren Flügelschlag hatte spüren können. Sie waren spät dran mit ihrer Suche nach einem Schlafplatz.

Brunke griff sich seine Kladde und notierte:

»15. August, 20:52. Späte Enten.«

Dann schlug er das Heft weiter hinten auf und begann zu schreiben. Es war ein Brief. Anderes Papier dafür gab es im Hause nicht.

Die Sonne färbte inzwischen irgendwo viel weiter westlich

Wolken rot. Vor Brunke verwischte der Übergang vom Himmel zum Meer in dunklen Tönen.

Als er mit dem Brief fertig war, trennte er die Seiten heraus, faltete sie einmal und schob sie unter die Bierflasche, damit sie nicht davonwehten.

Der Wind strich durch das Geländer der Veranda.

Aus den Dünen klang es »krek krek«.

Nachwort

Die Insel Mellert ist im Gegensatz zu den Ortschaften am Festland ein fiktiver Ort, um einen idealtypischen Schauplatz zu schaffen. Sie ist eng angelehnt an real existierende Vogelschutzinseln: Südwestlich von Juist liegt die Insel Memmert, vor der friesischen Küste östlich von Horumersiel die Insel Mellum. Von der Hallig Norderoog vor der schleswig-holsteinischen Nordseeküste wiederum ist das Vögelwärterhaus auf Stelzen geborgt. All diese Inseln dürfen nicht betreten werden, sie sind wertvoller Schutzraum für Brut- und Zugvögel. Ohne die Rastmöglichkeit auf diesen Inseln im Weltnaturerbe Wattenmeer hätten zahllose Vogelarten keine Überlebenschance auf ihren viele tausend Kilometer langen Reisen von den kalten Regionen dieser Welt in die wärmeren Zonen. Und nicht nur der Wachtelkönig verlöre einen potenziellen Lebensraum.

Marvin Entholt
FRIESISCH ROULETTE
Broschur, 144 Seiten
ISBN 978-3-95451-254-6

Eine Leiche in der Scheune, ein geplünderter Laden, ein verschwundener Freund – plötzlich ist in Merschmoor nichts mehr, wie es war. Und dann taucht auch noch die russische Mafia auf. Johann, der nichts mehr schätzt als seine Ruhe und ein kühles Bier, wird wider Willen in beunruhigende Geschehnisse verstrickt und muss die für ein ostfriesisches Dorf ungewöhnliche Häufung fremder Leichen aufklären, bevor es der Polizei gelingt.